忘·情

唐家小主 著

WANG·QING

天津出版传媒集团

天津人民出版社

图书在版编目（CIP）数据

忘·情 / 唐家小主著. -- 天津 ：天津人民出版社，
2017.1（2020.3重印）
ISBN 978-7-201-11223-7-01

Ⅰ．①忘… Ⅱ．①唐… Ⅲ．①中篇小说－中国－当代
Ⅳ．①I247.5

中国版本图书馆CIP数据核字（2017）第004479号

忘·情
WANG·QING
唐家小主 著

出 版	天津人民出版社
出 版 人	黄 沛
地 址	天津市和平区西康路35号康岳大厦
邮政编码	300051
邮购电话	（022）23332469
网 址	http://www.tjrmcbs.com
电子信箱	reader@tjrmcbs.com

责任编辑	玮丽斯
特约编辑	王 彦
装帧设计	齐晓婷
责任校对	落 语

制版印刷	三河市华东印刷有限公司印刷
经 销	新华书店
开 本	660毫米×960毫米 1/16
印 张	16
字 数	176千字
版权印次	2017年1月第1版 2020年3月第2次印刷
定 价	42.80元

目录
CONTENTS

目录
CONTENTS

楔子

忘情

WANG·QING

✤

混沌初开，盘古造世，天地六界，各自为路。

何为六界？

盘古后人，谓之神，吸日月之光辉，掌天地之大势。

无欲无求，心中存道之人，谓之仙，修炼千年，无悲喜，无憎妒。

七情六欲，爱憎分明之普通身躯，谓之人，短短一世，历经风霜，呈情感之起伏，托肉体之烦忧。

天地持执心之万物，谓之灵，吸天地真气，百年成妖，千年为灵。

世间幽灵之亡魂，谓之冥，游阴暗之场所，无实体，如白烟。

集盘古开天辟地时余下之黑暗，谓之魔，与日月同辉，食天地污秽。

此六界谓之大地新象，本互不干扰，各有其主，斯以为可万世太平。无奈六界之中有魔界渐渐盛大，似有称霸天地之势，其余五界皆因此惴惴不安，惶惶不可终日。

借盘古之势，神界出面，趁魔君涣游走火入魔之时，将涣游一家一网打尽，而魔界徒众至此四散游离，不得聚。

数百年后，魔界涣游遗孤涣虞，得神力相助，卷土重来，带兵出其不意攻打神界，将神界众人一一铲除，无一残留。

而此神魔一战，世人评说，可谓血流成河，天地哀嚎。

又几年，魔界收复冥界，魔冥就此融为一体。

至此，天地六界，只余四界：魔界，人界，仙界，灵界。

四界之中，又魔界为大，其余三方虽对其无比憎恶，但无奈无能为力，唯有暂息剿魔之心而蠢蠢欲动。

楔
子

忘情

WANG · QING

第一章

·梦·里·梦·外·

忘情

WANG·QING

❧

01

大火似要将这荒原烧尽。

当狂风呼啸而过时，涣虞就站在这荒原中间，看从天而降的烈火，如暴雨一般摔打在这片土地上。

他没有笑，更没有哭。

他就笔直地站在荒原中间，一身黑袍，神色冰冷地看天地万物化为灰烬，看漫天风沙卷起残云。

对战还在继续，厮杀声、哭喊声、法术碰撞时的爆炸声，不绝于耳，声声入心。

他站在这些声音的中心，没有动弹，就连眼皮都未曾眨过一下。

尸首从天而降，落到他的面前，落到他的结界之外。血液并没有溅到他的衣服上，也没有溅到他的鞋面上，他却依旧厌恶地转过了身，挥手将血肉模糊的残躯败骸化为灰烬。

此时，他手里黑色的青龙戟，戟牙上正泛着血光，戾气从青龙戟的身体里滚滚涌出，连同一起的，还有来自它体内的低鸣。

"瞿唐，你也等不及了，是吗？"

涣虞低头看向手中的青龙戟，嘴角上挂着一丝不易察觉的微笑，而他说话时，就像对一个多年的知己，对一个相恋多年的恋人那般，温柔而肯定。

青龙戟似乎听懂了涣虞的话，它浑身震动，体内似有一股强大的力量即将冲出，而它体里的低鸣也愈加刺耳，像是在回应刚刚涣虞的问话一般。

"好，别急，就要结束了。"

说出最后几个字的时候，涣虞的眼神变得狠戾起来。他望向荒原尽头，脸上的温柔已彻底不见，取而代之的是不可阻挡的杀气。

涣虞飞身到达荒原尽头，那里已多是残躯尸首，大火烧尽了这里的景色，火舌所到之处，皆是一片焦黑。

白烟就在那片废墟里慢慢流窜，涣虞双目赤红地盯着半跪在不远处，浑身血痕的年轻男子，满面讥讽。可这讥讽到底是对自己？还是对他眼前那个身穿银色铠甲的老友？就连他自己也不清楚。

"彦青，这一战，我赢了。"

半跪在黑色焦土上的彦青，此时早已失去了他往日的神界天将之风采，他颓败地缓缓抬头，嘴角有一抹血液，赤如火焰。

"呵呵……呵呵……"彦青盯着涣虞，诡异地笑着，片刻后，他忽然举起手中的轩辕剑，猛地朝自己胸口刺去。

霎时，血如泉涌，真气尽散。

"我以神族的心脉血诅咒你，生生世世护我儿安好，永生永世被其折磨。"

话音震动了整片山河，可听见的，却只有涣虞一人。

第一章

梦 · 梦 · 外 ·

里

007

　　他呆立在原地，嘴角讥讽的笑意早已不见，怔怔地看着倒在地上的彦青，恐惧将他全身包围。

　　诅咒在涣虞的耳边经久不消，一遍一遍，似要震破他的耳膜。

　　"不是，我不会留下她的，我不会留下她的！你妄想！你妄想！"

　　涣虞失神地反复念着这句话，好像这样就能稳定自己惶恐不安的心神。他手持青龙戟，飞天而上，挥手便卷起的狂风将陆地上的大火吹散。可见之处皆是一片火海，将整片苍穹照得瑰红。

　　忽然，火海之中传来一声哭泣，声音虽小，却直击涣虞心脏。

　　他停下，微愣了几秒，而后缓缓看向地面。与此同时，刚刚还在此起彼伏的战斗声全部消失不见，火海之中，只剩那婴孩一人。

　　哭声渐渐变大，婴孩也渐渐变成小女孩的模样，她面容清澈如水，眉眼温柔如月，只是那哭泣声，却从未停下。

　　涣虞开始心乱，他冲那小女孩俯身飞下，可就在他离那孩子还有一米之时，他却怎么也飞不动了。

　　他握紧青龙戟，斩天劈地，直冲那道将他隔在远处的无形结界，可无论他怎么努力，他都无法再靠近她分毫。

　　"涣虞，救我……涣虞！救我！"

　　小女孩的哭泣随着她渐渐长大变为呼喊，涣虞也越发慌乱起来。他赤红了双眼，似要用尽所有将她救出火海，可是，他失败了。

　　青龙戟被他的内力震成两半，再也无法陪他威风凛凛驰骋天下，而他要去救的那个人，依旧没能救下。

　　"芷熹，你别怕，我来救你……你别怕……"

涣虞默默念着，准备逼出自己体内的蛟龙珠。然而就在他刚刚运气时，那个诅咒，又忽然回响在他耳畔。

"我以神族的心脉血诅咒你，生生世世护我儿安好，永生永世被其折磨。"

"我诅咒你！诅咒你！"

声音一遍又一遍，涣虞失了刚开始的风采，他就像疯子一般，在自我和决心上徘徊。

自我让他一定要救她出来。

决心却是让他绝不听从彦青的诅咒安排，护她安好。

两种声音，就像两条灵蛇，缠绕在涣虞的心间，他头痛欲裂，从半空狠狠摔下，他不甘地盯着不远处还在呼喊救命的小女孩，心如刀割。

"涣虞，救我！涣虞……"

小女孩的声音渐渐变小，涣虞看着她一点点消失，心里最后一丝理智，终于崩塌。

"我会救你的，你别怕……芷熹，我会救你的！"

默念着，涣虞重新起身，逼出体内蛟龙珠，释放自身所有魔域之力，他朝围困着小女孩的火海飞奔而去，可就在他就要成功将屏障碎掉的前一秒，小女孩忽然笑靥如花，被火海吞没，飞灰湮灭。

"涣芷熹！"

一声惊呼，将涣虞从梦中惊醒。

他看着绘着世间百态的金布殿顶，停顿了几秒之后，倏地松了口气。

原来是梦啊，原来，只是梦。

这场梦，涣虞也记不得自己到底做了多少次，可每一次的撕心裂肺，都让他刻骨铭心。

02

魔宫位于这块大陆的最南端，铁索系岛，飘于高山之上，终日被白云遮掩，林中雾气缠绕，丝毫不像世人口中那般阴暗污秽，更像是绝世独立的悠然地域。

此时的魔宫已临近黄昏，大片暖橘色的光晕正从地平线上晕染过来，可尽管屋外已近一片昏暗之色，修冥殿内却是亮如白昼，一片寂静。

"王，少主已经在门口跪了半日了。"瞿唐不知什么时候进了修冥殿，他半跪在涣虞软榻前，神色担忧道。

榻上，涣虞一袭白衣，看上去如出尘仙子。长发随意散开，有几丝垂落在地。剑眉下的眼，深邃迷人，虽然瞳孔毫无焦点，略显慵懒迷离，可眼里的光，却又亮如星辰。

他的轮廓近乎完美，如果不是身处这样的位置，谁又能想到这副面孔下竟藏了那般狠戾的过去呢？

"不过跪上半日，有什么好说的，莫非，你是要帮她求情？"

"属下不敢。"

"叫她去惩戒狱领罚。"涣虞的语气平缓而淡然，叫人听不出任何言外之意，或许，他本就没有什么言外之意。

"是。"

瞿唐应着，就要告退，可这时，涣虞却忽然起身坐起道："慢着。"

瞿唐停住脚步，等待涣虞开口。

他见涣虞缓缓从软榻上走下，几秒后，又听他淡淡道："还是我去吧。"

瞿唐低头默认，跟在涣虞身后，一如千年之前，他还是那支青龙戟时的恭敬模样。可千年变幻，风霜洗礼，这份恭敬里，显然早就不仅仅只是服从了，更甚的是并肩作战，征战沙场时的兄弟情谊。

两人刚刚走到修冥殿的大门，便见一年轻女子跪在门前。她身着赤红色的广绣长裙，墨色的头发从身后倾泻了几缕落到胸前。清澈的眼里映满了委屈，甚至有些生气。她噘着嘴，不停揉着自己的手指，似要发泄怒火。

"你可知错？"

涣虞站在门口，正眼都不曾看她一眼，涣芷熹带着哭意哼哼着，嘴里囫囵地说："知……错……"

"什么错？"

"我……我不该偷溜去人间……"

"还有呢？"

涣芷熹的眼眶渐渐盛满泪水，她双唇紧抿，鼻头通红："还有……还有不该……插手人间之事……"

"还有呢？"

涣虞的询问，显然将涣芷熹的情绪逼到末路，她张嘴还未说出一句话，便见豆大的泪滴从眼眶落下，随后掉落在地，消失不见。

涣虞蹙眉，那眼里不知是不耐还是心疼，他摆摆手说："罢了罢了，去惩戒狱领罚吧。"

"叔叔……"

见涣虞说着就要离开，涣芷熹焦急地抬头喊道。她直视着涣虞的双眼，泪滴一颗颗落下，丝毫没有停下的意思。

"去吧，别让我送你。"涣虞轻描淡写地别过视线，不再看涣芷熹一眼，而涣芷熹那声叔叔，似已让他心尖儿发颤。

她永远只在认错的时候会喊他叔叔，平日里，都是涣虞涣虞地叫。对此他从未制止过，而身边的人见魔君自己都默许了，自然更不敢出面指正。

日子久了，他倒也习惯了她的直呼其名，可她此时委屈的模样，又让他差点再中了她的计。

"瞿唐，你送少主去惩戒狱。"涣虞说完就提步走出了屋。

他的衣袍从涣芷熹的指尖溜过，涣芷熹眼巴巴地看着他离开现场，却没有办法阻拦。

"瞿唐……"见涣虞不吃自己这套，涣芷熹立马又改变了作战对象。她咬着下唇，任由眼里的泪水不停爆发，哭红了的鼻子，也显得尤为可人。

"好好好，你别哭了，我会跟烈吞太爷求情的。"瞿唐蹙眉，一把将涣芷熹从地上提起，他黝黑的面庞竟也可以看出些许红润。

"真的吗？那你得说话算话。"任由瞿唐拎着自己衣领，涣芷熹撇着小嘴，一副好不容易忍住哭意的模样。

瞿唐无奈地点了点头："算话，一定算话。"

他话音刚落，涣芷熹挣脱了他的束缚，一把便将面上的泪水抹干净。她笑意然然地看着瞿唐，机灵道："我就知道你不舍得让我吃苦，嘿嘿……"

"你……"

见涣芷熹又是一副奸计得逞的模样，瞿唐气不打一处来，可他才刚刚准备发火，便见涣芷熹再次换上了刚刚那副楚楚可人的模样，他重叹一声，无奈地笑了笑，摇头道："真是败给你了。"

惩戒狱是魔宫最为森严的地方，魔宫所有犯错的族民都会按照错误的轻重程度得到相应的惩罚。而惩戒狱的地魔烈吞更是掌管了这里上千年，在魔宫徒众的眼里，他是比魔君还要严厉的人。

不过他们这么想也不是因为他们单纯，而是涣虞近些年鲜有动静，再加上他儒雅的模样更不会让人觉得他有多狠戾，尽管他只是不想轻易出手。

但幸而涣虞的威名摆在这里，魔宫犯事的也大多是些小打小闹，没什么大碍，因而惩戒狱虽严厉，但也清闲，至少在这百年内需要烈吞亲自下令惩戒的，除了总被送来的涣芷熹以外便没有其他人。

惩戒狱共有十八层，每一层的惩罚方式都不同，涣芷熹虽闯祸无数，来了这里无数次，但终究只进到过石室。

而这次因在人间使用法术引起慌乱被瞿唐抓回来，显然也并不是她装装可怜就可以混过去的。

"烈吞太爷，我给您送来一个人。"瞿唐拎着涣芷熹的衣领，飞身进入了惩戒狱。

此时，惩戒狱内正有鬼哭狼嚎从地底不断传来，涣芷熹将瞿唐的衣袖抓得很紧，怎么也不肯走到烈吞面前。

见她抓着自己衣袖的手就像螃蟹的爪子一般，掰也掰不动，瞿唐有些好笑，他抽搐着嘴角，隐忍笑意，朝坐在惩戒狱地魔之位的烈吞拱手行礼道："少主偷溜去人间游玩，如何惩罚，就拜托太爷了。"

忘情
WANG·QING

烈吞摸着自己下巴的长胡子，仰天长叹，好像对这样的事情早就习以为常。他无奈地叹了口气，朝瞿唐摆了摆手，道："我知道了，走吧。"

瞿唐点头准备告辞，却见涣芷熹拉着自己衣袖死活不肯松手。

她盯着瞿唐的双眼，面容扭曲着不停摇头，此时，她还从嘴里小心翼翼地挤出三个字："不……要……走……"

瞿唐差点没忍住笑出声，面上却依旧不动声色。他拍了拍涣芷熹的手背以示安慰，而后，又抬头朝烈吞道："太爷，少主虽犯了错，魔君不得不惩罚，但少主好歹也是少主，希望太爷惩罚时还是手下留情些。"

烈吞似是知道瞿唐会说这话，对方话才刚说完，便不耐地摆了摆手："我知道我知道。"

瞿唐领会了烈吞的逐客之意，点了点头，掰开涣芷熹抓着他衣袖的手，飞身离去。

03

"嘿嘿……太爷。"

涣芷熹有些胆怯地看着烈吞笑着，烈吞瞥了她一眼，摸着自己下巴的长胡子，朝她走了过来。

"私闯人间，按魔界律法，先去赤焰阁领受三日灼心之痛，再去冰室静坐反思一年。"烈吞面无表情地背诵着熟记于心的惩戒法则。

他的声音有如风琴一般低沉，在这偌大的惩戒狱内森森地响起了一阵阵回声。

闻言，涣芷熹面色大变，惊道："啊？"

烈吞故作无视地轻咳了两声，继续开口："但念少主未伤及无辜……"

涣芷熹眼巴巴地盯着烈吞，似是欲哭。烈吞再次清了清嗓子，刚刚的严厉终于没能崩住。

他环视了一眼四周，急步走到涣芷熹面前，小声责怪道："你这丫头怎么又闯祸了？你可以消停一会儿吗？"

涣芷熹见状连忙讨好地一把拉住了他的衣袖，学他一样小声说道："太爷……我也不想啊。"

"你不想那还总是闯祸，闯祸就算了，还被魔君抓了正着！你说……我……"烈吞恨铁不成钢地甩了甩衣袖，心里万分为难。片刻后，他退后一步，瞟了眼四周，见周围的鬼兵都如石柱一般动也不动，才悠悠恢复正常声音道："念在少主未伤及无辜，减轻惩罚。故去石室面壁，禁足三月，不可再犯！"

"三个月啊……"

"嗯？"烈吞警告似的看向涣芷熹说，"嫌少？"

"不不不！三个月就三个月！我现在就去石室。"

本要承受三日的灼心之痛，还要在冰室关满一年，现在换回只在石室禁足三个月，这样的买卖可划算得不能再划算了。

涣芷熹点头应好，说着就要往石室跑，可这时烈吞又喊住了她。

"等一下。"烈吞看了一眼四周，又对着一旁站着的鬼兵招了招手说，"你，送少主过去，别让那些小魔冲撞了她。"

"是。"一旁全身都被黑色盔甲包住，连脸都藏在其中的鬼兵应道。

涣芷熹蹙眉气道："你是怕我欺负那些小魔吧？哼……"涣芷熹说着，

甩了甩衣袖就朝石室飞去。

此时，烈吞见自己的顾虑被她看穿，有些尴尬地摸摸胡子，轻轻咳嗽两声，踱步回到主位之上。

石室其实不是一个封闭的房间，而是一片被火烧过的荒原。荒原之上，遍布着粗粗细细的黑色石粒，石粒之上又存有大大小小的雅丹。

干燥炙热的石室内，热气涌动。涣芷熹一进来便不悦地用手扇了扇风。

"三个月……怎么过啊？"涣芷熹仰天长呼，郁闷地朝石子地面狠狠踹了一脚。而后，她闷闷地往离自己最近的一块雅丹走去，在阴影之中坐下。

以前她也被关进过石室，只是每次都只过一两日便被放出去了。这次烈吞随口一说就是三个月，可见她此次犯错的重大性。

其实说来，她好像也没做什么。

只是那日她如往常一般偷溜去人间，看到一个中年男子在酒楼喝多了酒从阁楼之上摔下。当时他浑身抽搐，面色惨白，口中的鲜血汩汩流出，她一着急就施了法准备救人。

可就在她刚刚施法将那人救醒之时，便发现周围人看她的眼光都变了。

她知道，那是恐惧和慌张。

下一秒，她就被瞿唐抓回了魔宫。

她战战兢兢地在自己寝宫熹明殿内躲了好几日，以为这事就这么过去了，涣虞却出了关，然后第一时间将她叫回了修冥殿。

再然后，她就如之前众人所知的那样，乖乖在修冥殿内罚跪了。

石室中，涣芷熹正独自忍受孤寂，魔宫里，涣虞却悠闲地和一美人下着棋。

这美人名叫巽扬子，乃灵界公主，平日里修身养性，从不过问世间事，唯独有一爱好，便是找涣虞下棋。

此时，她坐在魔殿的侧室之中，一袭白色衣裙悠然覆地，黑色的长发散着。她眉眼微笑，肌如凝脂，指尖轻轻夹着的白玉棋子，在棋盘之中缓缓落下。

"看来，这次我定是输了。"巽扬子轻启朱唇道，面上却无半点输家的失落，相反，还透露着点点喜悦。

涣虞不动声色，面无表情再落一子，说："你何曾赢过？"

"总能赢的。"巽扬子微微一笑，看着棋局已定的棋盘淡然说道。

"最好如此。"

"此次闭关，可有收获？"巽扬子话锋一转。

涣虞挥动长袖，便见胜负已现，刚刚还定在棋盘之中的棋子立马消失不见。

他道："没有。"

巽扬子浅笑，绕指从体内幻化出一颗鸽子蛋般的灵珠，而后缓缓朝涣虞推送过去："百年之日就要到了，这颗灵珠可护你安好。这次……不要再拒绝了。"

那灵珠被灵气所绕，周身皆是水泄般的光芒。

涣虞随意瞥了一眼，说："这是你毕生所炼之物，我不会要的，你拿回去吧。"

"今日我是打定了主意要将它赠与你的，你不要也得要。"巽扬子依旧浅笑。

第一章 · 梦里 · 梦外 ·

涣虞挑眉看了她一眼，冷冷冰冰，情绪毫无起伏。

"你就这般自信我会收下？"涣虞说。

"是的。"

"为何？今日打算要和我大战一场吗？"涣虞起身，踱步走到离巽扬子一米之外，背过身来，似有逐客之意。

巽扬子的笑容放大，她收回灵珠，走到涣虞身边说："我可还想多活百年，和你动手，岂不是找死？"

"知道就好。"涣虞顿了顿，说，"天色已晚，回去吧。"

"除非你将它收下。"巽扬子再次递过灵珠。

涣虞沉默，走回软榻坐下。见状，巽扬子不急也不燥，似有和他继续耗下去的耐心，她也不言不语地重新在涣虞身边坐下。

就在二人持续僵持不下时，屋外传来瞿唐的通报。

涣虞再次起身："我还有事要忙，你走吧。"说罢，便见他头也不回地朝魔殿正室之中走去。

魔殿正室，涣虞坐在主位上，看向半跪在大堂中的瞿唐问："何事？"

"禀告魔君，杜若有事求见。"

涣虞当即便知这杜若所来为何，轻声道："不见。"

"可是……"瞿唐似有难意，抬眼轻轻扫过从侧室之中踱步而出的巽扬子，继续说道，"可是杜若说，少主偷溜去人间一事是她指使，请求魔君网开一面，放过少主，她甘愿代替少主受罚。"

"你是觉得我现在对你们太松了，还是觉得我已经到了你们可以胡乱蒙骗的地步了？"涣虞面色不改，语气也是淡然。可此话一出，便可明显察觉到魔殿之中寒意陡生。

瞿唐微微蹙眉，立马低头说道："属下不敢。"

"芷熹是怎样的你不是不知道，你认为就凭杜若能指使得动她？"

"不是。"

"那你还有其他的事吗？"

"没有，属下告退。"

瞿唐的到来让涣虞心中有所波动，可这小小的波动，却无人可知。

瞿唐离去之后，巽扬子再次来到涣虞面前，她依旧浅笑无言，只是重复着将灵珠拿出，朝他递去。

她以为涣虞依旧不会接受，下一秒，却见涣虞长袖一挥，将灵珠握在了自己手中。

"灵珠我收下了，谢谢你，你走吧。"

突如其来的意外，弄得巽扬子微微愣神。片刻后，她终于反应过来，面上浮现了浅浅晕红，开心笑道："好，我这就走，你自己保重。"

来之前，巽扬子其实根本就没有把握涣虞会收下灵珠，而她那般自信，也不过是在安慰自己而已。因为这几百年来，她想过无数办法让涣虞接受这颗可以在他最虚弱时刻护他安好的灵珠，可涣虞的固执总让她无可奈何。

此刻，她满心欢喜地从魔宫离去，丝毫没有在意涣虞为何突然改变主意。

04

在石室之中不知待了多久，涣芷熹无聊地拨动着藏身在砂砾中的蜥蜴，时间一长，她便觉得无聊至极，闷闷地靠在雅丹上睡了过去。

石室之中终日无夜，暴晒的地面源源不断地散发着热气。不到半日，涣芷熹便觉得口渴难耐。她在心中苦闷地叫嚷：我要出去，这里一点都不好玩儿。

可不管她再怎么大发脾气，这一望无尽的石室之中，无一人可安慰她。

烈吞亲自前来寻找她的时候，她刚睡了个饱觉。见到烈吞，她像是看见了救命稻草一般，欢快地蹦跳着，一把拉住烈吞的长袖。

"太爷，你终于来了，放我出去吧，我再也不敢了……"涣芷熹可怜兮兮地求饶着，话未说完却见烈吞面色沉重得可怕。

"魔君过来了，要见你，走吧。"烈吞的声音在这石室中低沉回荡。

涣芷熹听罢面色一改，连连摆手："不不不，我做错了事，就该在这里受罚，太爷你去禀告魔君，说我会乖乖在这里接受惩罚的。"

"跟我来。"烈吞沉声道，不管涣芷熹如何拒绝，决绝地带着她向惩戒狱正宫之中飞去。

涣芷熹抿嘴欲哭，心中的不安渐渐放大。

刚进入正宫，涣芷熹便见坐在惩戒狱主位上的涣虞浑身散发着不可抗拒的怒火，瞿唐则一脸沉重地站在他身侧。见涣芷熹到来，瞿唐眼神似有波动，那是担忧。

面对如此肃穆的气氛，涣芷熹长这么大可是第一次。她惴惴不安地在涣虞面前跪下，轻声喊道："叔叔……"

"烈吞，惩戒法则上对于私闯人间，暴露身份，引起恐慌，是怎么处理的？"

涣虞话一出，烈吞也战抖着双腿乖乖跪下，道："回魔君，惩戒法则上是说要将其扔进赤焰阁中受三日灼心之痛，再入冰室内，思过一年。"

"看来你是知道怎么办的，对吧？"涣虞淡淡道。

"是。"

"那现在涣芷熹为何出现在石室之中？"

"这……"烈吞面色不安，惶恐得连忙求饶，"属下知错。"

"那还不快去办？"涣虞眼中似有怒火，虽是波澜不惊地说话，却让瞿唐和涣芷熹面露惊恐。

瞿唐匆忙在涣虞身前跪下，说道："魔君三思，少主向来身虚体弱，魔界的功法只有浅浅一层，对付凡人尚可自保，可您将她打入赤焰阁，承受烈焰之痛、椎心之苦，无疑是让她去送死啊！"

"怎么，现在我办事要轮到你来教了吗？"

"属下不敢。"瞿唐担忧地看了眼正一脸不敢相信的涣芷熹，迟疑着，继续道，"魔君，少……"

"够了。"涣虞怒声打断，随后望向烈吞，"烈吞，难道现在还要我教你怎么做吗？"

"属下知错。"烈吞战抖着身子，对一旁的鬼兵说道，"少主私闯人间，暴露身份，引起慌乱，现将其打入赤焰阁，三日之后，再送进冰室静坐思过。"

"是。"鬼兵听到命令，立马上前架住涣芷熹。

涣芷熹这才回过神来，慌忙哭喊道："叔叔，芷熹再也不敢了，再也不敢了。你不要把我送去赤焰阁，我保证以后一定乖乖的，我错了……"

鬼兵顿住脚步，却见涣虞转过了身。

他摆了摆手，示意将涣芷熹带离。

瞿唐焦灼地喊道："魔君！"

涣虞却像没听见任何声音似的。

涣芷熹被带往赤焰阁后，涣虞悠悠转身道："烈吞枉顾惩戒法则，失职一罪难辞其咎，现命你去棍棒室内领五十大板，即刻执行。"

烈吞颤巍巍地说："是。"

涣虞面不改色走下主位，飞身离去。

瞿唐重叹了一口气后，也立马跟随而去。

刚刚回到修冥殿，涣虞便见一女子在鎏金门前跪得笔直。她一身碧色衣裙，长发高高束在头顶，面色坚毅，眉头紧蹙，似有什么烦心之事。

涣虞不满地皱了皱眉，无声从她身边走过，不予理会。

此时，那女子却忽然跪着上前说道："魔君，杜若甘愿替少主受罚。"

涣虞顿住脚步，转身挥手便将杜若掀翻在地。

杜若抿嘴，隐忍着胸口的疼痛。

"你当然要替她受罚。"涣虞厉声说道，"我将你收入魔宫之中，就是要你保护她，陪着她。现在她一人去了人间，暴露了身份，若她被众人打骂追杀，你第一个就难辞其咎！"

"杜若知错！"

此时的涣虞，丝毫不像刚刚对涣芷熹施以严惩时的模样。他不再淡然，也不再假装无所谓，而是眉头紧蹙，浑身散发着戾气。

"我现在不罚你，不代表你就逃过一劫，待芷熹从赤焰阁出来，你就直接去冰室代她受过吧。"涣虞眸中冷光一闪，又道，"你要记住，涣芷熹这次受过、受伤，都是因为你保护不力。"说罢，涣虞冷冷地甩了甩衣袖，大步走进修冥殿内。

杜若呆呆跪在原地，眼神中除了担忧，便只剩下担忧。

将她驱赶至石室还不够，竟然还将她送入赤焰阁吗？

杜若心慌地想着，却见刚刚跟随涣虞进门的瞿唐走了出来。

瞿唐将她扶起，沉声道："魔君这次是真的生气了，再求情也没用。"

杜若双腿发抖地站起，面色是从未有过的凝重："魔君这是送少主去死啊！"

瞿唐双拳紧握，声音也是不自觉地发抖："现在只能祈祷少主自己挺过这一关了。"

"不行，我要去陪着她，少主一个人在那里肯定会害怕的。"杜若说着转身就要离开。

瞿唐却一把拉住她，拦在她面前斥道："陪着她又如何？和她一起受伤有什么意义？"

"我……"

"你以为魔君留你没让你进赤焰阁是因为其他吗？要是你也受伤了，等少主从里面出来谁来保护她？少主看见你受苦又会何等内疚？你这般莽撞难道还嫌不够乱吗？"

瞿唐的斥责让杜若猛地惊醒，她长呼一口气，握紧腰间的玲珑剑，冷声道："我去赤焰阁外面等着她。"

夜，渐渐来袭。

忘情

WANG·QING

　　魔宫之中除了惩戒狱的呜咽声愈发张狂之外，其他的地方皆是一片死寂。

　　此时，赤焰阁内涣芷熹正被悬浮于熔岩河流之上，熊熊烈火正疯狂地舔舐着她的肌肤。她从未领教过石室之外的惩罚，她害怕得连一句哭喊都喊不出，只能拼了命地扭动身体，可她越扭动，身体便会被束缚得越紧。

　　正当她觉得这就是赤焰阁的烈焰之痛时，却不想忽然就有一柄火剑噌地朝她飞来。她睁大了双眼，眼睁睁地看着那火剑刺向自己胸口，当即便像失去了呼吸。而在她痛得还未缓过气来的时候，另一柄剑又从她背后再次刺来。

　　她终于开口哭喊，哭喊的话却是："涣虞，救我……"

　　时间一分一秒过去，涣芷熹也不知被烈火灼烧了多久，也不知有多少柄火剑穿过了她心口。她在疼痛中昏迷，又在疼痛中苏醒，到最后，她嘴唇干裂，双眼赤红，泪水早已哭尽，力气也已抽光。

05

　　涣芷熹醒来的时候，发现自己正躺在修冥殿内。

　　软床之上尽是涣虞的气息，她细细地嗅着，像是终于回到了天堂。

　　原本，她的身体早已痛到无法动弹，现在却感受到一股温热的气流正在她体内缓缓流过，令她无比舒适与轻松。

　　"起来了？"涣虞端着一碗汤药走近床榻，面无表情地说。

　　涣芷熹怯怯道："嗯。"

　　涣虞将手中的药碗放到床边一张矮桌上，而后又将涣芷熹从床上扶起，

024

让她靠在床栏上。

"喝了。"涣虞递过药碗。

涣芷熹泪眼蒙眬地呜咽了一声，没有伸手。

涣虞无奈地轻呼一口气，坐到床边，一勺一勺将汤药喂予她喝。

涣芷熹乖乖张嘴，一口口咽下。

片刻后，她糯糯地说："涣虞，我错了……"

"嗯。"

"你不要生气了好不好……"

"嗯。"

"疼……"

涣芷熹撇着小嘴，泪眼婆娑地盯着涣虞。

涣虞蹙眉，立马问道："哪里疼？"

"哪里都疼。"

涣虞重叹一声，收回刚刚没有掩饰住的担忧，继续喂予汤药："嗯，我知道了。"

涣芷熹只觉喉咙哽咽，连平日里最讨厌喝的汤药在此时也食不知味。因为此刻，她觉得自己的心可比这汤药苦多了。

"我睡了多久了？"涣芷熹问道。

"半个月。"

"半个月？"涣芷熹惊道。

"嗯。"涣虞将喝完了的汤药碗放到矮桌上，而后又小心翼翼扶着涣芷熹躺下。

忘情
WANG·QING

"我怎么睡这么久？"涣芷熹闷闷道。

"嗯，是很久了。"涣虞淡淡答道，"睡吧，你累了。"

涣虞说完转身就要离开，涣芷熹却连忙喊住他："我不想睡了……"

涣虞微愣，转身问道："要我陪你？"

听到涣虞终于有了些温度的回话，涣芷熹立马像是得到了糖果的孩子。她甜甜地笑着，说："不用了，你忙你的，把杜若喊过来就好了，我要和她说话。"

此时，涣虞原本就面无表情的脸更显冰冷，他说："她替你受罚，去冰室静坐了。"

"啊？"

涣芷熹担心得连忙想要起身，见状涣虞立马又说："只有一个月，以儆效尤。"

涣芷熹依旧担忧，可她想到只要不是赤焰阁，便松了口气："那帮我把瞿唐喊过来吧，我有话和他说。"

涣虞转身，没有答话，只自顾自地朝门口走去。见状，涣芷熹悻悻地嘟囔着："听到了没有啊……"

瞿唐站在门口，等待涣虞出来时却明显感觉到涣虞周身的温度又降了许多，他心中咯噔一下，心道：看来少主还是没醒啊。

"进去。"涣虞忽然开口说道。

见瞿唐愣在原地，他不悦地朝瞿唐瞟了一眼，又说："她要见你。"

瞿唐紧抿双唇，隐忍激动说："是。"

"等等。"瞿唐刚抬脚准备进门，涣虞却又喊住了他，"最多半炷香就出来，她需要休息。"

"是。"

瞿唐刚一进门，便见涣芷熹僵直地躺在床上，只有一颗头摆来摆去。

他快步走到她身边，焦急地查探了一番问道："你感觉怎么样了？"

"就这样，痛得动也不能动。"涣芷熹撇了撇嘴，又无所谓地摆了摆头，"好无聊啊……"

"你就消停会儿吧，难道这次的惩罚还不够？"瞿唐站在床边，丝毫没有坐下的意思。

见此，涣芷熹立马朝床沿努了努嘴，说："坐啊坐啊，我有事要问你。"

"什么？"瞿唐蹙眉，警惕地看着涣芷熹问道。

涣芷熹轻皱眉头："我又不会吃了你，坐下。"

瞿唐乖乖坐下，涣芷熹问道："我在赤焰阁待了几天？"

"两天。"

"不是三天吗？"

"到第三天的时候魔君亲自把你接出来了。那时候你已经人事不省了。"

"他把我抱回来的？"涣芷熹迟疑问道。

"嗯。"瞿唐答完，见涣芷熹面上是藏也藏不住的笑意，不解地问，"受这么重的伤还这么开心？"

"嗯。"涣芷熹随口答道，而后见瞿唐面色怪异地看着自己，立马又叹了口气说，"赤焰阁真的好可怕啊，我当时以为自己快死了。就这儿，就我

忘·情
WANG·QING

胸口这里……像刀绞、像油泼一样！当时要是把我开膛破腹，掏出来的肯定就是油淋心肺啊。"涣芷熹回忆着当时的痛苦，面色纠结地说道。

瞿唐的脸色一阵红一阵白，涣芷熹却当成没看见，继续说道："幸好我命大，都那样了还没死。"涣芷熹说着，又自顾自地轻笑了起来。

瞿唐噌地从床边站起斥道："还没死你就还不长记性吗？"

"长了啊。"瞿唐忽然的怒火让涣芷熹摸不着头脑，顿了几秒，她又说，"而且我现在不是没事儿嘛，涣虞不会让我死的。"

"你……"瞿唐愤愤地指着涣芷熹，却不知该说什么，只得恨恨放下手，转身就要离开。

涣芷熹连忙朝着他的背影喊道："喂！你干吗走啊？陪我说话啊！这半个月都发生了什么，告诉我啊！"

可无论涣芷熹怎么呼喊，瞿唐都头也不回，只冷声留下四个字："一切太平。"

涣芷熹纳闷地看着瞿唐离开的背影，闷闷地呼了一口气。

第二章

·风 起 · 云 涌 ·

✦

01

又是半月。

涣芷熹早以出乎意料的速度痊愈了。而且经过这么一番锤炼之后，她似乎比以前更加活泼了。

杜若从冰室出来的那天，涣芷熹正在惩戒狱和烈吞闹腾着要进去找她。见杜若面色苍白地出来，她立马飞身前去扶住欲要倒下的杜若。而杜若原本就英气的面容结了一层细细的冰晶，犹如胜利凯旋的勇者一般。

"少主你怎么样？"杜若第一时间打量了下涣芷熹，担忧地问。

"我没事了，你呢？"

"没事就好。"杜若终于松了口气，"我也没事了。"

她依旧记得那日魔君将少主从赤焰阁中抱出来时的画面，彼时，少主全身上下没有一块完好的衣物盖体，大片大片被灼烧的肌肤裸露在空气里，让人不忍直视。

涣芷熹面色凝重："回去再说。"

刚回到熹明殿，两人便见瞿唐笔直地站在门口。

涣芷熹扶着杜若走上前，往屋内张望，问道："涣虞来了？"

"没有，魔君闭关了。"瞿唐面无表情道。

"怎么又闭关了……"涣芷熹不悦地嘟囔。

瞿唐说："魔君好像找到了突破鬼蜮之力第九层的方法。"

"哦。"涣芷熹气闷道，"突破了有什么用，难道他还想一统天下不成？"

"少主！"瞿唐眉头紧蹙呵斥道。他看了一眼四周，而后无奈地对涣芷熹摇了摇头，在涣芷熹准备问些什么的时候，他又看向杜若问道："你还好吗？"

"嗯，无碍。"杜若点头回答。

"那就好。"说罢瞿唐从怀中掏出一个手心大的白玉瓷瓶，递给杜若，"这是我在烈吞太爷那里得来的赤焰丸，正好可以救治你的伤。"

"谢谢。"杜若接过，面色忽地晕起一层淡红。

然而瞿唐毫无察觉，只道："那我先走了。"

与之别过后，涣芷熹扶着杜若往殿内走去。

为了陪着涣芷熹，方便随时保护她，杜若被安排住在熹明殿的侧室。她从很小的时候就被赋予了这项使命，她夜以继日地修习法术，增长修为，就是为了完成魔君交给她的这唯一一项任务，可这么多年过去了，这项任务不知何时也渐渐变成了她的真心。

涣芷熹体贴入微地照料着杜若，就连魔界弟子前来送热水也被她一一挥退。她坚持自己动手，为杜若准备洗澡水，准备点心，准备好一切。

看着忙上忙下的涣芷熹，杜若只需一眼便可明白她的愧疚。看来她已将罪责全部揽在了自己身上，所以现在在尽可能地弥补。

杜若将涣芷熹喊住："少主，我真的没事了，你不要自责。"

涣芷熹抿了抿唇，双眼泛泪。

杜若又连忙道："你再这样我就不理你了啊！"

杜若如孩子般的威胁被涣芷熹当了真，她连连摆手说："我没有，就是见你这样，觉得特别对不起你。要是当日我没有……"

"好了，都过去了。这不关你的事，是我太粗心了，为了去看娘亲竟然让你一个人去了人间。"

"不是的不是的，是我故意找那天出去的，我故意的……"涣芷熹说话的声音越来越小，到最后哭意尽显。

杜若无奈地笑了一声，说："我真没事儿了，你自己知道错就好，以后不要再乱跑了。"

"嗯，我知道错了……"

涣芷熹说着，便见杜若从软榻上起身，走向刚刚倒好热水的浴盆前。

杜若将腰带解下，头也不回地说："你要看我洗澡啊？"

涣芷熹连忙说道："没有没有，我这就出去。"

杜若浅笑，见涣芷熹关上门后才重重地倒抽了一口气。

她褪去碧色衣衫，露出洁白的肌肤，可原本光滑细腻的肌肤上，一道道瘀痕和伤疤遍布开来。她轻抚伤痕，额间渗出豆大的冷汗。

冰室的冰雹雨，看来也不是好承受的啊。

杜若苦笑着想，随后跨进浴盆，将自己沉没在温水之中，好似这样就能让她不会痛到叫出声来。

这个热水澡，杜若泡了足有半个多时辰，一直在门口候着的涣芷熹见杜若迟迟没有出来，便有些着急地喊道："杜若，你好了吗？"

"少主，今日你就先回去吧，我累了……想休息一会儿。"杜若的声音从门内传来。

涣芷熹听话地点了点头："那你有什么需要立马派人来告诉我。"

"好的。"

涣芷熹从侧室回到自己的卧房后，就倒在床上沉沉睡去。

养伤的这些日子，她不知为何，总觉得自己体内有种呼之欲出的力量，虽然还是不能驱使魔力，功力却是突飞猛涨。于是，这几日她都不停地找人过招。那些鬼兵和魔界弟子不敢和她不动手，更不敢和她动手，半让半逃之间，涣芷熹终究也没试出个名堂。

现在，她终于累了，倒在床上就呼呼去见了周公。

只是这一觉却并不好。

她梦见魔宫倒了，涣虞被囚禁了，而这一切的始作俑者就是她。

她猛然从梦中惊醒，却见屋外一束赤红的光柱正从魔宫设了结界的山洞里直射天空。

那是涣虞闭关的地方。

涣芷熹连鞋都没来得及穿就跑了出去。可是她刚出门那道光束便豁然消失，而后隐隐约约传来飞禽走兽兴奋的鸣叫声，再然后，魔宫的弟子也都纷纷跑了出来，开始疯狂地叫喊起来。

怎么回事？

涣芷熹飞身向前，奔到魔宫的悬崖边上。她见到山下万家灯火，正一盏

忘情
WANG·QING

一盏熄灭。

　　风云涌动，刚刚还皎洁明亮的弯月，忽然被乌云掩盖，一阵怪风刮来。

　　涣芷熹站在悬崖边上，用衣袖挡住朝她脸上飞来的风沙。

　　"怎么来了？"涣虞沉稳的声音忽然在涣芷熹面前响起，不等涣芷熹放下衣袖，便见涣虞随手一挥，那怪异的风沙便立马停止不见。

　　"我看到你闭关的地方有异常，怕你出事。"涣芷熹如实答道。

　　"我没事，回去吧。"涣虞轻轻说道，可他刚走一步，又见涣芷熹赤着脚站在粗糙的石块之上，皱了皱眉说，"怎么不穿鞋你就跑出来了？"

　　"没来得及。"

　　涣芷熹的话音刚落，涣虞便一把将其抱起，步伐稳健地朝魔宫中心走去，丝毫没有要飞身而去的意思。

　　涣芷熹面色晕红，连她自己都不曾发觉。她看着此刻离自己格外近的那张脸，开口问道："你突破鬼蜮之力第九层了？"

　　"嗯。"

　　"那你会一统天下吗？"

　　"你想让我一统天下？"

　　"不是。"涣芷熹摇了摇头，"我不喜欢你去打架。"

　　"嗯，那就不打架。"

　　"可是今天我就开玩笑说了一句这样的话，瞿唐就不高兴了。我以为你真有这样的想法。"涣芷熹忽然想到白日里瞿唐喝止自己的样子，闷闷不乐道。

　　"他凶你了？"涣虞似乎根本没有找到这段话的重点，依旧那般淡然。

"嗯，可凶了。"

"好，我知道了。"涣虞抱着涣芷熹，悠悠地走着，连大气都未曾喘过。

涣芷熹双手勾着他的脖子，侧头靠在他的肩膀上，说着说着，就睡着了。

月光重现，好像刚刚的异常，只不过是一场梦而已。

02

次日，涣芷熹是被杜若生硬地喊起来的。

她睡眼惺忪，满肚子的起床气："干吗？"

"你上次去人间和别人动手了？"杜若焦急问道。

"没有。"

"那怎么有人说你杀了人？现在人间的那个皇帝，梁丘伯熠要来找你算账。"杜若严肃地说。

"算账就算账。"涣芷熹囫囵说着就又要睡去，可下一秒，她又猛地从床上坐起。

她揉了揉眼睛，看向杜若问道："我杀人？"

"嗯。刚刚我还看见梁丘伯熠起兵在魔宫下的山脚叫嚣着，要魔君把你交出去。"

涣芷熹仰天喊冤："我哪里杀了人啊？我只救过人啊！"说着，涣芷熹就跳下床，气急地往门口冲去。

杜若见状立马拿起床边的鞋子，追着她喊道："你慢点儿。"

忘情
WANG·QING

涣芷熹一身白色里衣跑到魔宫正殿时巽扬子正和涣虞说话。

见涣芷熹没头没脑就跑了出来，涣虞立马皱起眉头。

"你这么急出来干什么？"涣虞说。

"我……"涣芷熹瞟了瞟站在一旁的巽扬子，又道，"我来告诉你，我没杀人啊。"

"我知道。"涣虞说，"回去吧。"

"哦。"涣芷熹又看了看一旁的巽扬子，却见巽扬子正微笑地看着自己。她讪讪地笑了笑，转头走了。

涣虞看着涣芷熹离开的背影，无奈地叹了叹气。

此时，巽扬子说："你这侄女儿当真是惹祸精。"涣虞不悦地没有答话，见状，巽扬子继续说，"梁丘伯熠见你不出面，已经去找楛里夷了，你打算怎么办？"

"不打算怎么办。"涣虞眼睛都没眨一下地说，"他们既然要逼我出手，那我就来多少，杀多少。"

巽扬子眉头轻皱，又说："昨夜你突破鬼蜮之力的第九层，世人皆知，想必现在他们已经人人自危了。你就不怕他们借着涣芷熹这个由头联合起来对你不利？"

"你是在告诉我要防着你父亲吗？"

涣虞刚说完，巽扬子便面色尴尬地噤了声。

涣虞继续道："那些人觊觎我的力量也不是一两天了，你可曾见我怕过？"

"没有。"巽扬子轻叹了口气，"我只是不想世人误会你。"

"魔界名声从古至今都未曾好过，那些听风就是雨的俗人，我何必在乎他们的想法。"

"可……"

"好了，如果今日你赶过来就是为了通知我有危险的话，现在我知道了。"巽扬子的话似乎还未说完，涣虞就打断了她，巽扬子只好作罢。

离开之前，巽扬子又说："其实昨晚看你突破了一直以来的难关，我很高兴，因为……"

涣虞看向巽扬子，面无表情。

巽扬子继续道："因为这就说明，我给你的灵珠是有效的。"

说完这句话，巽扬子就飞身离去了。

涣虞端坐在主位之上，看着门口，喃喃道："嗯，的确很有效。"

然下一秒，他又嘴角轻扬，对门口喊道："进来。"

闻言，涣芷熹怯怯地将头从门外露出一小截，她嘿嘿地笑着，迟疑地走了进来。

"怎么还没回去？"涣虞问。

"我就是想向你解释啊，那天我真的没杀人……"涣芷熹一会儿抠着裤腰，一会儿又紧张地搓着衣角。

涣虞眉眼温柔，说："我知道。"

"那天啊，我就在街上走着走着，忽然有个人从天上掉了下来，我抬头一看，发现他是从酒楼的阁楼上掉下来的。然后我就跑过去看他……"涣芷熹无视涣虞说相信自己的话，执意喋喋不休地说着那天发生的事，涣虞嘴角似有笑意地看着她，耐心听她说完。

"然后我就被瞿唐抓回来了啊，我真的没杀人。"

"我相信你。"

"可是他们为什么说我杀了人啊？还要找我算账？"涣芷熹朝涣虞走去，在他脚边坐下，仰头盯着他，聚精会神地准备听他说说今天早晨的事。

可是涣虞却无所谓地说："因为他们都是自作聪明的笨蛋。"

"为什么？"

涣虞抬手将涣芷熹从地上拉起，没有回答她，只是淡淡地说道："地上凉，回去换衣服。"

"哦。"涣芷熹起身，牵着涣虞的衣袖，跟着他朝熹明殿走去。

"涣虞，我去人间的事都过去一个多月了，就算当时我救的那人被我救死了，为什么他们现在才来找我啊？"

"你没有把他救死，他们只是想要随便找个替罪羊而已。"

涣芷熹似乎明白了什么，若有所思地点了点头，没再说话。

日光渐渐到了最炎热的时候，涣芷熹却不肯在清凉的屋里待着。她坐在熹明殿后院的那棵老树下的秋千上，无聊地晃着。

她嘴里正有一口没一口地嚼着点心，思绪也有一搭没一搭地飞向了远处。

就在魔宫中一片祥和，一副安然无事的姿态时，不远处的轩辕山上却一片闹腾。

梁丘伯熠身着铠甲，手握长剑，气势汹汹地在轩辕宫内诉苦。而坐在轩辕宫主位的五个白胡子老头，皆不断地叹气、沉默着。

梁丘伯熠剑眉横竖，怒火在他脸上熊熊燃烧，他看着坐在中间的那个白胡子老人，决意说道："槒里仙人，如果你当真不管这件事的话，那我梁丘伯熠就算拼了这条命，也要去找涣虞决一死战！"

见槒里夷只顾着沉默，梁丘伯熠又说："当日我亲叔叔死在那妖孽手中，为了天下苍生，我连声都没吭。可现在，死的可都是我大梁国的百姓！他们造了什么孽，在一夜之间全部暴毙而亡？今日，我话就放到这里，如果你们仙界不表态，那也别怪我以后翻脸不认人了！"梁丘伯熠怒斥完毕，转身就要离开。

此时，门口却忽然进了一个人。

那人看样子是个中年男子，一身冰蓝色衣袍，面貌慈祥而亲切。

他让梁丘伯熠先不要离开，而后又对槒里夷以及其余四位仙人拱手道："想必诸位昨夜也见到了天之异象，涣虞已经愈发强大。我来，是想问问诸位长老，可有什么法子？"

"涣虞功力猛增，又恰巧我大梁国惨死多人，难道诸位长老当真以为这是巧合吗？"梁丘伯熠插嘴道。

槒里夷等人面色为难。片刻后，槒里夷悠悠起身说："此事证据不全，不能仅凭一己猜测就妄下定论。皇上，巽王，你们放心，若我等查明真相，发现真是魔界修炼魔功滥杀无辜，我轩辕山第一个不会放过他！"

"这么明显的答案还要去查，你这老头子分明就是不想蹚这趟浑水！"梁丘伯熠怒气冲冲道。

巽封与见状连忙制止了梁丘伯熠的口舌之快，接着槒里夷的话说："那就麻烦几位仙人了，希望仙人尽快给我等答案。我灵界被他魔界觊觎多年，若涣虞再冲破第十层鬼蜮之力，我怕，我灵界便是他的第一个下手对象。"

"巽王的顾虑我等都明白，我一定尽快给二位以及天下苍生一个答复。"

樗里夷的话刚刚说完，巽封与便谦恭地弯腰行礼，说："那就拜托了。"

03

巽封与和梁丘伯熠离开后，樗里夷和几位长老都陷入了沉思。片刻后，他们决定今晚便下山前往人间寻找真相。

深夜，万物静籁。

偶有几声蛙叫，便再无其他声响。

樗里夷隐蔽地前往被害百姓家中，一家一家搜寻线索。只见紧闭的大门内正有死者家人跪在屋内，隐忍着小声哭泣，那模样分明就是害怕凶手再次寻来。

樗里夷心中一阵痛心，他悄悄在屋檐之上游走，看了一家又一家，发现所有人都是草木皆兵的模样。

直到到了最后一个死者家中时，却发现这屋内没有哭泣，没有灯火，好像连人气都已消失殆尽。

难道搬走了？

樗里夷如是想着，从屋檐上跳下，忽然，屋内传来一阵异响，樗里夷立马推门而进，挥手点燃烛火，只见一个黑影跳窗而走。

他准备追上前，但见地上正躺着一个被吸干了精气的瘦弱少年。他伸手探了探少年的鼻息，发现还有一丝希望，立马打坐运气，开始救治。

不久，少年终于慢慢恢复了神智。他微微睁眼，见到樗里夷之后惊恐地往后退去。樗里夷立马说道："小伙子，你别怕，我是轩辕山的仙人，是来帮你的。"

少年将信将疑地打量了一番樗里夷，见他风骨正气，立马又爬上前，拉住樗里夷的臂膀说道："仙人，救我！救我啊！"

"好，好。你别怕，冷静下来，你别怕。"樗里夷看了一眼窗外，见追击凶手无望，便立马安抚少年。

樗里夷的安慰似乎起了作用，少年深呼吸着，终于不再慌乱。

待少年平稳了心神，樗里夷才开口问道："小伙子，刚刚你可看见那人的长相？"

少年回想片刻，摇了摇头。

"那你可记得他有什么特征，或者特殊的地方？"

少年仔细回想，却头痛欲裂。就在樗里夷准备劝他放弃的时候，少年却忽然抬起了头，双眼放光般说："我想起来了！"

"他不知道用了什么妖法，他看着我的时候，我感觉浑身无力，整个人都不听使唤了，而他的额头，就是这里……"少年说着，指了指自己的正额间，"他这里闪现出一道红色的光，那光……像是某种图腾……"

樗里夷眉头紧皱，问道："是不是像正在腾飞的龙？"

"对对对！就是那个样子！"少年兴奋地点着头，然后又慌张道，"仙人，我兄长前日已死，我们老李家只剩我一个了，求你帮帮我，帮帮我啊！"少年说着，猛地就朝樗里夷磕起头。

樗里夷一怔，连忙将少年扶起，长叹一声说："你随我去轩辕山修习

忘情
WANG·QING

吧，那里可保你一世平安。"

"谢谢仙人！谢谢仙人！"少年连连向樯里夷弯腰，樯里夷却面色凝重地将视线移向远方。

涣虞，当真是你吗？

魔宫之中，一片宁静。

熹明殿内，涣芷熹缠着杜若和她过招。杜若不肯，涣芷熹便拉着她不肯让她回房。

"你就行行好，好杜若，我真的感觉自己最近功力大涨啊……"

杜若放下手中的茶杯，面色坚毅地断然拒绝："就算涨了你也打不我赢，等下受伤可不好。"

"不会的……好杜若，你就和我过两招。"涣芷熹撒着娇。

杜若被她摇得心烦，也摇得无奈，只好从茶桌旁站起身，说："去殿前空地。说好了啊，两招你输了就乖乖回来睡觉。"

"行行行！"涣芷熹欢天喜地地蹦跳着，拖着杜若就往殿前空地跑去。

明月皎洁，夜风微凉。

涣芷熹和杜若各站一方，面色凛然地对立着。

"少主，你先出招吧。"杜若有意让着涣芷熹。

涣芷熹面色一沉，提起手中的长剑直奔杜若而去。剑光在月光的照耀下，冰冷地闪着白光，杜若胸有成竹地往右一闪，让涣芷熹手中的剑扑了个空。

"再来。"杜若说着，提起剑柄，却并未将玲珑剑出鞘。

涣芷熹见状，回身一转，举着长剑直指苍穹。

042

忽然，剑身散出一阵赤红色的光芒，将涣芷熹浑身都包裹着，那剑光所到之处，皆是一片暗影。杜若一看便知那剑气可以一招致命。此时，涣芷熹挥舞着剑从天而降，招招攻击杜若的要害，却招招都点到为止。

见状，杜若将玲珑剑出鞘，终于肯认真了起来。

二人在那月光之下，挥舞长剑。剑法如水泄一般流畅，剑光也如月光一般耀眼。

而就在不远处的屋顶之上，涣虞正一脸凝重地盯着二人。他似乎也在为战局紧张着，可也像是在为其他事而焦灼着。

"魔君，您是在担心少主的身体吗？"瞿唐顺着涣虞的视线看去，问道。

"不是。"

"那您……"瞿唐困惑着。

却见涣虞自言自语道："那一天，终于要来了吗？"

"什么那一天啊？"瞿唐追问。

涣虞侧目看着，正准备说什么的时候，却忽然变了脸，阴沉着转身道："问得太多，罚你今日在屋顶过夜。"

战局停下，杜若被打倒在地，涣虞也飞身离去。瞿唐看着他的背影，闷闷地抓了抓脑袋："我做错什么了？"

熹明殿殿前，杜若手中的玲珑剑蓦然掉落，她自己也从半空摔落在地。

杜若捂住胸口吐出一口血，片刻都没有回过神来。

涣芷熹慌忙跑到她的身边，查看她的伤势，询问道："杜若，你怎么样了？对不起啊对不起，我不知道刚刚挥剑的时候力量会这么大……"

涣芷熹愧疚地道着歉，却见杜若怔怔着不说一句话，站起了身。

"杜若你先回房休息，我去帮你找鬼医大人。"涣芷熹说着就飞身离去。

杜若失神地回到侧室，像梦游一般躺在了床上。

涣芷熹带着鬼医大人赶来的时候，杜若还是睁着双眼，一动也不动。涣芷熹如热锅上的蚂蚁，焦灼得不行。

"鬼医大人，杜若怎么样了？"

听到涣芷熹的问话，鬼医大人放下杜若的手腕，低沉说道："她是不是之前就受过伤？"

涣芷熹拧眉回想了一下，说："前几天刚从冰室出来，可那时候她好像只是受了寒，并无其他症状啊。"

"那就不奇怪了，她已经受了瘀伤，今日再这么一战，吐血也是应该的。"

"瘀伤？"

"是的。少主恐怕不知道，进入冰室的人除了要忍受极寒之刑以外，还会每隔半个时辰受一次冰雹雨的击打。冰雹雨的力量强大，但受刑之人不能反抗。"鬼医细细说着，见涣芷熹一脸惊讶，又道，"冰室之刑，虽不能和赤焰阁齐名，却重在它行刑的时间长，进去的人一般都是一年开始。杜若姑娘很幸运，只进去了一个月，所以现在也并无大碍。"

鬼医大人从袖中幻化出一颗闪着星光的紫色花草，说："此乃活瘀草，专治体内瘀伤，少主派人将此熬成汤药，让杜若姑娘喝下吧。"

"谢谢大人。"

"那属下先告辞了。"

"大人慢走。"

04

鬼医大人离开之后，涣芷熹又立马喊来弟子去煎熬汤药，而后才慌忙回到杜若身边。

杜若的眼睛也终于聚焦，回过神来。她看向涣芷熹道："少主，以后你便不用我保护了，是吗？"

"怎么这么说？你要离开我吗？"

"少主，不是我要离开你，是你此时的修为，已经不需要我了。"杜若怅然若失道。

"今日这一战不算！你之前都受伤了，怎么不告诉我？"涣芷熹怨怪着，轻轻拿起杜若的手，掀开衣袖查看。

可她刚刚掀开，便被惊得倒抽了口凉气。

只见杜若小臂上的瘀痕呈青紫色，虽不密集，却连接到肩膀处，而且越往上瘀青越重，接近深紫的乌黑，宛如中毒一般。

涣芷熹看得心惊肉跳，怒斥道："你怎么不早告诉我！"

杜若将衣袖扯下："都是小伤，休养一段时间就好了。"

涣芷熹没回答，但神色显然不像"算了"的意思。

杜若见她依旧十分在意，连忙转开话题："今日我虽有伤，但也尽了全力。以往你过不了我两招，今日却将我击败打伤，这足以证明，少主的确已经和以往不同了。"

忘情
WANG·QING

"嗯，我就是感觉体内的力量一天比一天强大，所以才执意要找你过招的。你现在怎么样？还有哪里不舒服吗？"

杜若摇头，继续道："从什么时候开始感觉有些不同的？"

"就是从赤焰阁出来之后，我一醒来就觉得有些不同了。"涣芷熹乖乖应道。她再次准备掀开杜若的衣物，却被杜若一把拦住了："少主，你这是做什么？"

"查看你的伤到底怎么样了……"

"真的没事，放心。"杜若安慰似的拍了拍涣芷熹的手背，又道，"根据少主说的这个时间点，我推测是魔君为了救你，给你体内输入了真气。"

"哦……这样啊。"涣芷熹丝毫不在意，见查看伤势无望，她噌地就从床边站起身，"药怎么还没来？我去看看，你要是累了就先休息啊。"涣芷熹说着，就往屋外跑去。

杜若呆呆地看着她离开的方向，嘴角不自觉浮现笑意。

人生得此一知己，便算是死而无憾了吧……

清晨，天色才刚蒙蒙亮，涣芷熹就到了修冥殿前。

在屋顶守了一夜的瞿唐打着哈欠从屋檐跳下，黑着眼圈出现在涣芷熹面前。

"啊！你怎么突然冒了出来！吓我一跳！"涣芷熹怨怪道。

瞿唐耸了耸肩，又打了个哈欠问："你来这么早干吗？"

"找涣虞有事。"涣芷熹说着，又打量了一下瞿唐，"你一夜没睡？"

"嗯。"瞿唐微闭着双眼，神游地点头。

"为什么？"

"因为问题太多，被魔君惩罚了。"

"什么问题？"

涣芷熹话音刚落，便见瞿唐猛然睁开耷拉着的双眼说："就是你现在这种问题。"

涣芷熹撇撇嘴，准备反驳时却听修冥殿内传来一声低沉的呼唤："进来。"

涣芷熹朝瞿唐做了个鬼脸，推开他就朝鎏金门走去。她刚进门，便见涣虞慵懒地斜靠在软榻之上，双眼轻闭："什么事？"

"嗯……"涣芷熹迟疑着不知该怎么开口。

"有事就说，不然我就睡了。"涣虞轻声道。

涣芷熹连忙开口，急道："我要和杜若去一趟冥界，希望你批准。"

涣虞缓缓睁开双眼，盯着涣芷熹问："她不是刚去看过她娘亲吗？怎么又要去？"

"我昨天……"涣芷熹眉头紧拧，想了想又改口道，"我那天……"然而话还没说完又换了个说法，"我昨天……"

"到底哪天？"涣虞不耐开口。

"杜若为我受过，受了一身伤，我在不知情的情况下硬拉着她和我比试，结果……"涣芷熹越说声音越低，"结果她被我打伤了。"

"所以呢？你要去冥界的理由到底是什么？"

"我想向她赔罪，让她开心开心。"

涣虞轻轻挑眉，看了一眼涣芷熹，而后毫不在意地说道："她想要什么东西我派人去取就好了，不必这么麻烦。"

忘情
WANG·QING

"涣虞……"涣芷熹不悦地蹬了蹬脚。

涣虞听闻，睁眼从软榻上坐起，环抱着臂膀盯着她："喊我干什么？"

"哎呀……涣虞，我保证不惹祸，去冥界住一晚就回来。"

"不行。"

"涣虞……你就答应我吧……我问过了，这是杜若最想要做的事，我想帮她完成。"

"不行。"无论涣芷熹怎么求情，涣虞都是一副坚决的样子。

"涣虞！"涣芷熹显然来了脾气，她喘着粗气，忽然发出一声怒吼。

"干什么？"涣虞丝毫不为所动。

两人大眼瞪小眼，就在涣芷熹急得险些哭出来的时候，涣虞忽然松口说："我派人送你们去，明天傍晚之前一定要回来。"

涣虞突如其来的同意，将涣芷熹惊得半天没回过神。

片刻后，涣虞重新在软榻上躺下："没事就走吧。"

而回神的涣芷熹则快速换上笑脸，猛地朝涣虞冲来。

她一把抱住涣虞，将头埋在他怀里蹭了蹭，而后才蹦跳着出门："涣虞你真好！那我走啦！"

涣虞沉默着，眼神迷离地看着殿顶，恍若刚刚无人来过。

瞿唐前来禀告时，涣芷熹和杜若已经在鬼兵的保护下上路了。

涣虞得知后也只是淡淡地应了一声。

05

冥界存于人间的虚幻之中。所以想去冥界必定要先通过人间。这也是涣虞之前坚决拒绝涣芷熹的原因。

　　他不想再让她独身踏入人间半步，而且还是在这般刀光剑影的时候。

　　对涣芷熹来说，进入人间还是很顺利的，毕竟这条路她已经走了无数遍——虽然每次都是她偷偷来的。

　　到了人间之后，杜若又带着涣芷熹到了一处至阴之地。此地遍布不知身份的尸首，而围绕这块地界的则是一片被死水河灌溉的枯树林。

　　涣芷熹刚到林中，便觉得阴风阵阵，她不自知地打了个寒战，抓紧杜若的手臂。

　　这里无法施法飞行，所有进来之人都必须徒步而走。转转绕绕了好几个时辰之后，涣芷熹等人才到达了遍野横尸的至阴之地。

　　"我们怎么进去啊？"涣芷熹环视了一下四周，顿觉这里比树林那边还阴森。常年被乌云笼罩的天空虽从不下雨，但也从未有光。

　　杜若抬头看了看天，说："快了。"

　　涣芷熹摸不着头脑，跟她一起抬头望天，可没过几秒再低下头时，却见二人面前正有一处被白雾笼罩着的巨大石门。

　　看见石门，涣芷熹却觉得没那么害怕了，虽然石门打开的声音低沉得可怕，如魔鬼的欢呼让人听着便压抑得不行。

　　走到石门前，涣芷熹刚刚踏入一只脚，便被守门的小鬼拦住了。

　　那小鬼刺耳地叫着："鬼兵在外面等着。"

　　涣芷熹回头看了一眼跟在自己身后的四个鬼兵，而后又不满地看向冥界的小鬼说："凭什么？"

　　小鬼没有回答涣芷熹的问题，只重复着这一句："鬼兵在外面等着。"

　　涣芷熹脾气上来，正准备教训那小鬼一番，却见杜若扯了扯她的臂膀，摇头说："魔界和冥界本就是两个地域，我们进去无碍，可鬼兵毕竟是守护魔界的兵，当年收复这里的也是他们，虽然现在冥界归顺魔界，但这样让鬼兵进来自然是有些不妥的。"

　　涣芷熹若有所思地点了点头，转身对着门外的鬼兵道："在外面等着，我明天出来。"

　　"是。"

　　摆脱了鬼兵之后，涣芷熹和杜若二人畅通无阻。偶遇几个不懂事的小鬼，作弄一番，涣芷熹也觉得甚有乐趣。

　　穿过一处名叫黄泉洞的地方之后，涣芷熹和杜若才终于来到了阎罗殿。

　　此时阎罗殿内，小鬼叫嚣得厉害，判官正一脸不悦地坐在主位上，不停叹气。

　　见涣芷熹到来，判官立马呵斥小鬼闭嘴。

　　寂静无声下，判官下了主位，半跪在涣芷熹面前说："少主。"

　　"嗯，当害呢？"

　　涣芷熹弹了弹判官的官帽帽檐，然后大步走到主位的木桌前跳了上去。

　　她晃悠着双腿，听判官说："冥王在修炼呢。"

　　"哦。"

　　"需要我帮您叫他出来吗？"判官极力讨好着涣芷熹，却见涣芷熹不以为然地又翻身坐在主位之上，开始翻看生死簿。

　　"不用了，我是陪杜若来看看她娘亲的。"翻了几页，涣芷熹便觉得索然无味，从主位上下来，拉着杜若臂膀说，"走吧。"

第三章

冲·冠·一·怒

忘情

WANG·QING

❧

01

从阎罗殿出来，她们经过一条熔岩河道，河道两旁开满了怒放的彼岸花。

行到此处，杜若忽地叹了口气。

"怎么了？身上的伤开始疼了？"一直在前面蹦蹦跳跳走着的涣芷熹，听到杜若的叹气，立马转身回到她身边，焦急地问道。

杜若勉强扯了扯嘴角，道："不是。"

"那是为何叹气？就要看见婶婶了，你不开心吗？"

"开心。"杜若说着，停顿了几秒，"只是我小时候常在这里玩耍，住在这河道里的彼岸鬼君总喜欢逗我。自从魔君收复这里，我入了魔宫后，彼岸鬼君便再也没有在我面前出现过了。"

杜若伤感缅怀的话，让涣芷熹有些愧疚，她抿了抿嘴，轻声道："对不起啊。"

杜若微愣："少主，你说什么？"

涣芷熹低头转了转手指，悠悠道："如果不是涣虞收复了这里，彼岸鬼君也不会躲着不见你，所以，对不起啊……"

杜若摇头："这不是你的错，少主。"

"但是你也不要怪罪涣虞好吗？我替他向你道歉……"

"少主，你不需要为任何人道歉。"杜若轻面色坚毅，"这世间万物皆有自己的劫数，冥界归顺魔界，大概也是因为它的气数已尽，怨不得任何人。"

"在魔宫待了十几年，就不知道自己姓什么了是吧？胆敢说出如此混账话！"杜若的话才刚刚说完，便听得巨大的回声环绕着二人。

杜若立马握剑，环视四周，准备应对随时可能出现的危险。可她看了一会儿也不见四周有任何异动。正当她以为是小鬼胡闹捉弄二人的时候，却忽然看见熔岩河流中涌现出一个巨大的旋涡，而后，便见一个浑身带着红黑色光芒的男子从旋涡中缓缓而出。

男子一头白发，身着紫黑色袍子，且随着热流滚滚而动。他站在黑紫色的彼岸花丛中，满眼怒色。而他剑眉冷竖的面容，却透着一股难以言明的妖媚。

"彼岸鬼君？"杜若眼神中有一瞬间的欣喜，而后又恢复如常。

她将长剑重新放回剑鞘中，准备往彼岸鬼君的方向走去，可还未等她接近这个男人，便被他挥手挡在结界之外。

"你倒还记得我的名字……"彼岸鬼君的话中带着丝丝嘲讽，杜若却不以为意。

"鬼君，你的头发怎么……"

"白了如何？黑了又如何？这都与你无关。"

"嗯……无关。只是，我还以为这辈子你都不会再见我了。"杜若蹙眉，坚毅的脸上不难看出丝丝失落。

"呵呵……"彼岸鬼君张狂冷笑，惹得附近的鬼魂开始低鸣，"见我做什么？我乃守护冥界的使者，而你不过是个为了荣华富贵，投奔魔界的叛徒！"

话音刚落，便见杜若的脸色猛地阴沉了下去，可是她没有为自己辩解，也没有说一个不是。

涣芷熹见状几步上前拦在杜若身前，对着彼岸鬼君吼道："你不要乱说话！"

"我乱说话？"彼岸鬼君冷笑两声，而后阴冷地朝涣芷熹瞪去，"你不要以为你是魔界的少主，我就会怕你！说到底，你也不过是涣虞不知哪里找来的弃婴！"

"你胡说！"涣芷熹怒气丛生，握住腰间的长剑就直击彼岸鬼君。

"不自量力！"不屑地冷哼了一声，彼岸鬼君冷眼看着涣芷熹飞身而起，持着长剑直击自己，却依旧面色不改，略显从容地站在原处。

然事实证明，他的确没有什么好担忧的，因为就在涣芷熹刚刚出招的刹那，河道两旁的彼岸花便立马像长了眼睛一般朝她袭去。

那黑紫色的花瓣犹如刀片一般锋利，杜若见状连忙飞身而起，护在涣芷熹身边。

彼岸鬼君见后只是微微挥了挥手，便见刚刚还来势汹汹的彼岸花立马回归原处，依旧释放着妖冶的姿态，好像刚刚什么事都没发生过一般。

"彼岸鬼君，少主不过是任性了些，你又何必如此，竟要置她于死地？"杜若眼神之中带有怒意。

彼岸鬼君却蓦地笑了："任性了些？呵呵呵……看来你还真是忠心啊！而且刚刚明明是她先动手的，与我何干？"

杜若眉头轻蹙，拱手就要告别："是我们打扰了，现下告辞。"说着，她就要拉涣芷熹一同离开。

可此时涣芷熹已被彼岸鬼君那句"弃婴"给激怒，怒视着鬼君，不肯移动半步。

见状，彼岸鬼君又道："小丫头，我说过了，我不怕你这所谓的少主身份，就算涣虞来了，他也奈何不了我！"

"我要你向杜若和我道歉！为那句叛徒和弃婴！"涣芷熹固执地若扬起头。

"我说的是事实，为何要道歉？"

"不是！杜若不是叛徒，我也不是弃婴！"

见涣芷熹如此执着的模样，彼岸鬼君饶有兴趣，他像是听了个天大的笑话一般，放声大笑起来。

他将了将自己的白发道："魔冥大战，冥界虽败，却依旧有自己的章法规程，并没有完全归顺魔界，可她……"彼岸鬼君说着，忽然盯着杜若的双眼，伸手指向她，"她却在战败的当天，杜天将军死的当天，就急急忙忙跑到了魔宫，为你们魔界尽忠！你告诉我，这不是背叛又当何论？"

忘情

WANG·QING

　　彼岸鬼君轻蔑地别过望向杜若的视线，转而看向涣芷熹，又道："至于你……呵呵呵，涣虞一无兄弟，二无朋友，却突然多了你这个侄女儿，你自己说，你是弃婴不是？"

　　"你胡说！"涣芷熹怒火中烧，提剑就要再次向彼岸鬼君刺去，杜若却一把拦住了她。

　　杜若说："少主，我有些累了，想去看娘亲。"

　　涣芷熹愤愤地瞪了眼一脸嘲讽的彼岸鬼君，而后收起长剑道："我回来再找你算账！"

　　"随时恭候！"彼岸鬼君说着，就如白烟一样，蓦然消失在二人眼中。

　　刚刚还是剑拔弩张的气氛，这一刻忽然变得死寂。

　　涣芷熹察觉到杜若隐藏着的难过，担忧地看了她一眼："你没事吧？"

　　"没事。"杜若顿了顿，看了看那滚滚的熔岩河流，继而道，"走吧。"

　　02

　　到达杜三娘的住所的时候，涣芷熹依旧没有完全消气。她气鼓鼓地在屋内坐下，一声不吭。

　　杜三娘见状只得轻声询问杜若："若儿，少主……这是怎么了？"

　　"没事，刚在来的路上碰到彼岸鬼君了，斗了几句嘴。"

　　杜三娘苍老的脸上立马浮现出一丝笑意。她以为杜若所说的和彼岸鬼君斗嘴，还是从前那般小打小闹，便笑意盎然地说："你见到彼岸鬼君了？"

不等杜若回答，杜三娘继续道，"你们很久没见过了吧？我还记得你小的时候总是往他那里跑，喊你回来你都不情愿！"

杜若听着杜三娘的话，面色怪异。她勉强扯了扯嘴角："娘亲，少主还未吃东西，你且去做点水晶糕吧。"

"好的好的。那你们在这里等着，我去去就回。"杜三娘说完，化为一缕青烟消失不见。

杜若走到涣芷熹身边坐下，倒了杯茶，递给涣芷熹："少主，你饿了吧？"

"不饿。"

"那待会儿我娘做的水晶糕你可不要跟我抢啊。"杜若抿了一小口茶水故意说道。

闻言，涣芷熹的肚子咕咕地响了起来，她尴尬笑了笑，说："饿。"

杜若浅笑："少主，你还在为刚刚的事情生气？"

"你不气吗？他都那样污蔑你了！"

杜若怅然若失地摇了摇头，喃喃道："他说得没错，对冥界来说，我的确算得上叛徒。"

"你不是！当初你进入魔宫是为了保住你娘的性命！我知道的！是当害为了讨好涣虞，故意用你娘威胁你的！"涣芷熹急道。

杜若低下头："过程不重要，重要的是结果。我确实是在我爹死的当天就去了魔宫。"

房间里猛然陷入沉寂，涣芷熹一时不知该如何开口安慰杜若。片刻后，她忐忑地问:"杜若,你怪我吗?"

杜若微微一笑,握住涣芷熹的手:"傻瓜,我怎么会怪你?当年你也就是个小孩子,那件事与你没有关系。"

"那……你怪涣虞吗?"

涣芷熹的这句话让杜若沉默了良久。

就在涣芷熹越来越不安时,杜若说:"恨吧……可是我又不能恨他。因为如果没有他的话,娘亲早在多年前就病死了。他算得上是我的杀父仇人,但他也是我的救母恩人。"

这是第一次,涣芷熹和杜若聊起那段往事。

这些年,杜若一直陪在涣芷熹的身边,涣芷熹虽对那年魔冥一战略有了解,却从未去揭开过这道伤疤。她害怕当自己知道杜若的想法时会失去这个朋友。她害怕杜若从未将自己当成朋友。

其实杜若是很矛盾的,当年她为了从当害手里救下母亲毅然去了魔宫,做了自己杀父仇人的手下。当时的她尚年幼,就跌入了这重重的矛盾深渊之中。她不知道为什么当害一定要让自己去魔界,她只知道她已经失去了父亲,不能再失去母亲。

而这一去,便是十几年。

杜三娘端着水晶糕出现在寝宫之中的时候,涣芷熹已经昏昏欲睡了。杜若嘘声,为靠在矮榻上的涣芷熹盖上绒毯,而后又悄悄关上了门。

屋内被淡淡的点心香味浅浅覆盖着,整个屋子也被杜若用结界封闭,阻挡住了时不时传来的鬼哭魂鸣。

这一觉，涣芷熹睡得无比香甜。

不知过了多久，涣芷熹终于睡醒。她睡眼惺忪，发现自己已经躺在了床上，身上还盖着暖和的绒毯，愣了几秒，想了一下自己此刻到底身在何处，片刻后才松了口气，起身往外走。

她伸了个懒腰，顺着香味走了出来，却见涣虞坐在木桌前，优雅地吃着点心。

"涣虞！"涣芷熹惊喜喊道，朝他奔了过去，"你怎么来啦？"

"有事路过，顺便接你回去。"涣虞面无表情。

"可是我刚来！"

"人间现在已经过了子夜，你自己说过，在这里只待一天的。"

"可是我还没好好在这里玩一会儿呢！"

"你想玩什么？"涣虞放下刚刚抿了一口的茶，淡淡问道。

"嗯……"涣芷熹被涣虞的问话难倒了，一时也回答不上来，只急道，"就参观一下还是可以的吧？"

"那我带你去。"

"不用！我自己去！你带着我，所有小鬼不都得吓死啊！"涣芷熹大剌剌地说。

却见涣虞蓦地挑眉看着她："他们不是都已经死了吗？"

涣芷熹这才察觉到自己的口误，讪讪笑道："我的意思是说，您魔君的威名远播，身份尊贵，就不劳您和我一起参观了。"涣芷熹说着，拿起桌上的一块水晶糕就往嘴里塞。

"你是怕我在的话，你不好对那些小鬼下手吧！"涣虞一眼看出涣芷熹的小心思，伸手为涣芷熹抹去嘴边的残渣。

涣芷熹被涣虞的点破一口呛到，剧烈咳嗽着，小脸憋得通红。涣虞蹙眉，递过一杯茶水，轻轻抚了抚涣芷熹的背，待她渐渐平稳了些才说："你急什么！我又不是不让你去。"

"那你不能跟着我……"

"好。"

"对了，杜若呢？"

"去药堂陪她娘亲去了。"

涣芷熹咬了咬下唇，自言自语喃喃道："正好。"

"什么？"涣虞警惕地盯着涣芷熹问。

涣芷熹连忙摆手："没什么没什么！我想去外面转会儿，你先回去吧，过一会儿我就和杜若回去了。"

"我就在这里等你，去吧。"

"也行！"涣芷熹说完飞快往门外跑去，丝毫没有停留的意思。

涣虞看着她离去的背影，也只有无奈地摇了摇头。

其实涣芷熹根本就不是想去招惹那些小鬼，她想要招惹的，是那熔岩河流中的大鬼。

她气势汹汹地赶到熔岩河道时，彼岸鬼君刚从小憩中转醒。听到涣芷熹的喊话，他几乎是没有犹疑地就出现在了她的面前。

"丫头，你还真来了啊？就你一个人？"彼岸鬼君环抱着臂膀，饶有趣味地看着涣芷熹说道。

涣芷熹眉头紧皱，抽出腰间长剑，直指彼岸鬼君道："不然你以为我说着好玩儿的？我一个人，对付你，足够了。"

涣芷熹朝彼岸鬼君袭去的时候，彼岸鬼君依旧像先前那般轻视地看着她笑，丝毫不像迎战的人。

涣芷熹咬咬牙，不管不顾。她周身被赤红色的光芒笼罩着，挥剑而去的时候以为那些彼岸花又会向之前那般涌来攻击自己，可她万万没想到彼岸鬼君竟会自大到如此地步。他不仅没有启动彼岸剑阵，还从容站在原地，动也不动。

彼岸鬼君越是这般，涣芷熹的怒火就越发旺盛。

她的剑气与怒火完美融合在一起，化为无数道赤红色的光晕朝彼岸鬼君涌去，可就在那光晕距离彼岸鬼君只一尺之地时，却停滞不前了。

涣芷熹微微一愣，加速体内运气，就在她翻身准备攻出第二招时，那由她散发出去的光晕却忽然朝她飞了过来，让她措手不及。

她慌忙躲避着自己使出去的剑气，没有半点工夫再去攻击彼岸鬼君。而彼岸鬼君就这么站在原地，一动也不动。

他嘴角带着若有似无的笑意，看着越来越气急的涣芷熹喃喃低声："涣虞，你这怔女儿当真是有趣得很啊！"

另一边，涣芷熹已经破解了自己的窘境，此刻正恶狠狠地瞪着彼岸鬼君。

彼岸鬼君冷笑着摆正身子，看着又再次出手了的涣芷熹道："你已经出过招了，现在……该我了。"

03

话音落，彼岸鬼君长袖一挥，身上散发出深紫色的光。那光有如彼岸花的养分，只见它一出现，河道两旁的彼岸花便立马开始抖动了起来。

涣芷熹见状微微一愣，而后加快了手中的速度想要先发制人。彼岸鬼君神色一凛，伸手让紫光朝涣芷熹飞去，下一秒便见涣芷熹就被那紫光全部笼罩。

涣芷熹被困紫光中动弹不得，无法呼吸，手中也长剑早已落地。她努力晃动着身子想要躲避彼岸鬼君伸来的手，然终是无用。

就在她放弃般闭上眼，以为自己必死无疑时，却落入了一个温暖的怀抱。

她怯怯睁眼，见涣虞正一脸担忧地看着自己："受伤了吗？"

"没有。"涣芷熹的声音小得可怜，让彼岸鬼君以为自己听错了，他狞笑着，看着刚刚被涣虞出手烧掉的那几株彼岸花，暗暗启动彼岸剑阵。

"如果你想这片花田被我烧个精光的话那你就动手吧。"涣虞的视线依旧停留在涣芷熹的身上，可他冰冷的声音却是直对彼岸鬼君。

彼岸鬼君眉头轻皱，暗暗将刚刚运到手中的内力全部化解。他冷笑道："涣虞，你我这么多年井水不犯河水，现在你却让你这小侄女儿来为难我，这是为何？"

涣虞让涣芷熹站稳，而后挡在了涣芷熹面前道："如果不是你先惹怒了她，她又为何和你置气？"

"我可没有。"彼岸鬼君顿了顿，瞥了一眼涣芷熹，"我只不过说了个事实而已。"

"什么事实？"

彼岸鬼君眉眼轻佻，不以为意地说道："告诉她是没人要的弃婴，被你大发善心捡回来的……"

彼岸鬼君话刚说完，便见涣虞猛然朝自己攻来，他眸光一闪，转身接招。

可不过两三招，彼岸鬼君就被涣虞捏住了脖子，他看见涣虞越来越冷的目光，看见他越来越重的杀气，不由得胆寒了一分。

彼岸鬼君无法呼吸，可他体内却没有停止运气，不过一秒，便见那河道旁彼岸花摆出了彼岸剑阵，挥动着花瓣就朝涣虞和涣芷熹各自攻去。

"看来你是真的想死了。"涣虞冷冷说着，慢慢将彼岸鬼君举起，而他的另一只手，正吐出无尽的烈火朝彼岸花丛烧去。

彼岸鬼君的眼神变得慌乱，他努力想要挣脱涣虞的控制，可涣虞却一点机会也不给他，烈火燃烧的更加旺盛，彼岸鬼君也开始越发虚弱。

"涣虞，不要。"彼岸鬼君命悬一线，涣芷熹却忽然喊道。

涣虞听言收回手中动作，彼岸鬼君顺势跌入已烧荒的彼岸花丛，猛烈咳嗽着。

"你刚刚不是想杀了他吗？怎么又要我住手？"涣虞蹙眉问道。

"没有，我只是想给他一点教训而已，没想要杀他。"

"可他说了不该说的话。"

"那你告诉我，他说的是事实吗？"涣芷熹急切地盯着涣虞问道。

涣虞目光躲闪，不想回答。

涣芷熹继续追问："其实我和你没有血缘关系对不对？我并不是你兄长的孩子，你也不是我父亲的弟弟……"

"芷熹，这件事我们回去再说。"

"不，你现在就告诉我。"

涣芷熹的固执，涣虞早已料到，他轻叹了口气："是。"

涣芷熹忍住眼泪问道："那我亲生父母呢？那我真正的家人呢？"

"芷熹……"

"原来我真的是弃婴啊……"涣芷熹喃喃道，泪水堆积在眼眶，好似下一秒就要滴落。

"我们回家吧。"涣虞牵起涣芷熹的手。

涣芷熹没有抗拒，任由他将自己揽在怀中，往冥界出口飞去。

彼岸鬼君则跌坐在彼岸花丛中，捂住胸口吐出一口鲜红的血。

其实他的真身便是这彼岸花丛，此刻花丛毁半，他的命也只剩下了半条。

涣虞，新账旧账，我一定会加倍跟你算回来！

彼岸鬼君愤愤想着，挥手便如青烟消失不见，只留下已经烧焦的彼岸花丛，略显荒凉。

涣芷熹被涣虞带回魔宫后便一直闷闷不乐地将自己关在房里，就连杜若随后回来她都没有在意。

瞿唐站在屋顶，若有似无叹气，杜若看着二人奇怪的状态和魔宫此时奇怪的氛围，一脸困惑。

"我不过在冥界多待了一天，这里怎么了？"杜若飞身上到熹明殿的屋顶，站在瞿唐身边问道。

瞿唐悠悠再次叹了口气，没有回答。

杜若不悦地拉低眉头，喊道："瞿唐！"

"嗯？"瞿唐这才发现杜若的到来，他侧目看了她一眼，"你说什么？"

"我问你们最近都怎么了？我刚刚下去敲门，门口的弟子都不让我敲。"

"我也不知道。"

"那你站在这里做什么？还一副心事重重的模样。"

"是魔君让我守在这里的，以防少主有危险。"

杜若狐疑地看了瞿唐一眼："不过守在这里而已，你为什么垂头丧气的？"

"我？有吗？"瞿唐挺直了身子，欲盖弥彰道。

杜若立马逼近瞿唐："说！到底怎么回事！"

瞿唐讪讪地笑了笑，准备闭嘴逃走，可杜若却眼疾手快地拦截了他的去路："说不说！"

"你还是不知道比较好。"

"我不管，我就是要知道。"杜若学起了涣芷熹的固执。

瞿唐摇头轻笑："你们主仆二人倒是越来越像了。"

杜若再次逼近，一把拉住瞿唐的手："别扯这些没用的，魔宫好像进入戒备状态了，这到底是为何？你又为何发愁？"

杜若的话有如深海里的回声一般，一声一声敲在瞿唐的耳蜗里，他动了动被杜若无意牵住的手，满脸通红。

杜若再次朝他靠近了些，发现他红到耳根的脸，甩了一下他的手："说啊！"

瞿唐轻咳一声清清嗓子，打算全盘托出，杜若却猛然红了脸。

因为就在她甩了一下瞿唐的手时才赫然发现两人的"亲密"。她不动声色地松开手，有些尴尬，瞿唐适时道："人间最近莫名其妙死了很多人，轩辕山的长老樯里夷下山查探发现是我们魔宫所为，而魔君最近功力大有长进，所以他们都认为是魔君吸食了那些人的精气，从而导致他们死亡。现在人界，仙界，灵界，正以此为借口准备攻打魔宫。"

杜若闻言微愣，转而一脸肃穆："那魔君已经准备应战了吗？"

"还没有，魔君最近似乎没有工夫想这些事情，因为只要我一说到他就闭眼想睡觉，像是有什么更重要的事情烦着他，我估计他烦心的事和去冥界有关。"

"冥界？我知道魔君去了冥界接少主，但是没听说过他们发生了什么啊。"

"反正我是这么觉得的，因为少主的状态也有些不对。现在我就担心……"

"什么？"

瞿唐长呼一口气，蹙眉道："百年之日就要到了，魔君现在的状态好像根本就没有将这件事放在心上。"

"百年之日？"杜若蹙眉道，而后忽然像想起了什么一样，"就是传闻魔君每隔百年就会变得无比虚弱的那天？"

瞿唐郑重地点了点头，杜若又问："那些想要攻打魔宫的人会不会就是想选在那天？"

"十有八九。"

瞿唐语落，杜若与他同样陷入了沉思。她也眺望远山，无比苦恼。

"涣虞的百年之日是怎么回事？攻打魔宫又是怎么回事？"涣芷熹忽然从二人背后出现。她背着一个行囊站在屋顶垂脊，如审视犯人般盯着二人问道。

杜若和瞿唐猛然回头，这才发觉说漏了嘴。瞿唐面色为难，支支吾吾不肯开口。涣芷熹气急，斥道："说啊！"

"少主，你别担心，其实……"瞿唐有些慌张，却怎么也说不出个所以然。

"其实什么？"涣芷熹追问着。

瞿唐重叹了一声，不再找借口，但也不再说话。

杜若站在一旁也没有开口，涣芷熹更急，转身就朝修冥殿飞身而去。

"少主！"

瞿唐眉头紧蹙，提气跟在了涣芷熹的身后想要拦住她，可杜若却将他拉住说："让她去吧。"

"但魔君早就吩咐过了，这些事绝不能让少主知道。"

"可是现在也只有少主能劝动魔君，整理好心情，面对危险。"杜若面色不改，瞿唐却恍然大悟。

他垂下手臂，重重叹了一口气，转身在屋脊上坐下了。

白云悠悠，青山远望，一切宁静而悠然，可潜伏的危险却已开始步步紧逼，散发着致命的气息。

04

涣芷熹从熹明殿径直来到了修冥殿，不等弟子通传就一把推开了那扇鎏金门。她走进屋内，看见涣虞正斜躺在软榻上，闭眼浅寐。

不等她开口，便听涣虞轻声说道："这么匆匆忙忙的，做什么？"

"你知不知道现在有人计划要攻打魔宫了！"

涣虞缓缓睁眼："他们来了？"

"没有，但是他们总会来的！"

"那就等他们来了再说吧。"

涣虞说着又重新闭眼，涣芷熹气道："那你的百年之日又是怎么回事？为什么我从来没听你说过！"

涣芷熹呵斥质问，涣虞终于收起了刚刚事不关己的姿态。

他睁开双眼，冰冷且带着愠怒地看着金布殿顶，道："谁告诉你的？"

"这不重要，重要的是你为什么不告诉我！"

涣虞没有出声，他坐起身，转头望向涣芷熹，就在他刚刚准备说些什么的时候，他却猛然看见了涣芷熹肩上的行囊。

他沉声问道："你背着行囊要去干什么？"

涣虞的问话打乱了涣芷熹的节奏，她脸上显然有些慌乱，起先支支吾吾，而后又一副气势汹汹的样子继续道："现在这也不是重点！你还没回答我的问题！"

涣芷熹的意思涣虞只需眨眨眼睛就猜得到八九分，他有些好笑又好气地看着涣芷熹："你想要知道什么？"

"百年之日是怎么回事？为什么他们说这会是你最虚弱的时候？如果到时候那些人合力来攻打魔宫怎么办？"

涣虞走下软榻，将涣芷熹身上的行囊取下轻声道："我的身体里有颗南海蛟龙神珠，它让我获得很多力量，但也克制了我想要获得更多力量的进度，每隔百年，它便会在至阳之日反噬我，让我虚弱不堪，痛苦万分。"

"那可有解决之法？"

涣虞轻轻摇头，而后温柔地摸了摸涣芷熹的头发："相信我，他们攻不进来的，放心。"

"我管他们能不能攻打进来！我是问你，真的没有解决之法了吗？"涣芷熹仰着头，担忧地盯着涣虞。

涣虞嘴角微微上扬："没有。"几秒后，涣虞又道，"那你还走吗？"

涣芷熹看着涣虞手中的行囊，不好意思地红了脸，嘟囔道："我没想

第三章

冠

一

怒

069

走……"

"那你这行囊是背着好玩儿？"

"嗯，就是背着好玩儿。"涣芷熹说着一把抢过了自己的行囊。

下一秒，积攒在涣虞心里多日的阴霾彻底消失不见，他笑容放大，转身走到了软榻前，再次坐下。

"既然他们要攻打我们，为什么我不能先发制人去攻打他们！现在你还没到最虚弱的时候，我和你一起去，将他们全部击败！"

"你不是不喜欢我打架吗？"

"可是现在别人要伤害你啊！"涣芷熹急道。

涣虞轻轻一笑："他们伤害不到我，你放心。我们不去先发制人，是因为我们没有理由去攻打他们。魔界千百年来一直背负着杀人如麻的恶名，我不想到我这里魔界依然是这样。"

"可是如果他们在百年之日那天到来怎么办？轩辕山的几个老头子听说都是厉害角色。"

"你怕吗？"涣虞淡淡道。

"不怕。"涣芷熹摇头，走到涣虞身边坐下，"只要他们来，我就敢出去帮你打他们个满地找牙！"

涣虞笑道："就凭你这三脚猫的功夫？"

"我哪里三脚猫了！你没觉得我最近进步很快吗？"

"嗯，进步很快，但还是三脚猫。"

涣虞故意打趣说道，涣芷熹不悦，嘟起了小嘴："你这是看不起我！"

"我没有。"涣虞笑着摇头。

"最好是这样！"

涣芷熹说着就躺到了涣虞身边，她将头埋在涣虞怀里，忽然动容地说："涣虞，谢谢你照顾我这个弃婴。"

涣虞微愣，将手搭在了她的肩膀上，轻轻拍了拍："你不是弃婴，我照顾你，是我自愿的。"

涣芷熹没有说话，这几日的烦闷也在这一刻烟消云散。

涣芷熹从修冥殿出来时已是傍晚时分。她对着涣虞断断续续说了很久的话，直到最后睡着了也没有问出帮他安全度过百年之日的方法。

她忧心忡忡回到熹明殿，见杜若正坐在前殿等着她，轻声一叹后坐到了杜若身边。

"杜若，百年之日可有解决之法？"涣芷熹随口一问，并没有抱多少希望。

可没想到杜若却说："有。"

涣芷熹停下倒茶的动作，连忙道："什么？"

"灵界的灵珠与蛟龙珠相生相克，若在百年之日那天为魔君护体，魔君定会安然度过。"

"灵界？"涣芷熹双眼放光，而后道，"我去找巽扬子！她一定会给我的！"

"等等！"见涣芷熹说着就要朝门外飞奔而去，杜若连忙喊住她，"少主，巽扬子是与魔君有些交情，可是你别忘了，这次是她父亲要攻打我们魔宫！你真的有信心她会帮魔君而不是帮她父亲吗？"

杜若的话让涣芷熹陷入了沉思。她愣在原地沉思着，不再说话。

片刻后，她眼神一亮，坏笑着说："她不给，那我就去偷！"

"少主！"杜若劝阻的话还未来得及说出口，便见涣芷熹又说，"好杜若，你就在这里等着我回来，若魔君有事找我，你就随便找个借口帮我推脱了！我拿到灵珠就立马回来！"说完，涣芷熹便飞身一跃消失在了熹明殿中。

杜若眉头紧拧，追也不是，不追也不是。她焦灼万分时，瞿唐却忽然出现在了门外。

"少主呢？"见杜若出来瞿唐问道。

杜若定住心中的慌乱，故作镇定说："睡下了。"

"哦……"

"有事吗？"杜若说。

"没事，就是魔君让我守着少主，以防她再乱跑。"瞿唐递过从修冥殿拿来的行囊说道。

杜若紧张地看了一眼夜空，而后很快恢复自然，接过行囊说："那你守着吧，我先进去了。"

"嗯，好。"瞿唐说完便纵身一跃坐到了屋顶。

杜若站在原地，不知自己到底做对了还是做错了。

涣芷熹到达灵宫时已是子夜。

此时，万物静籁的空间里唯有一阵阵泉水声悠悠传来。

涣芷熹化身灵女，进入了灵宫内，可她随着巡视的灵女队伍走了大半圈也没发现存放灵珠的地方。

这么重要的东西肯定被巽扬子随身带着的，找到她了再趁机行事！

涣芷熹想着，如老鼠一般偷偷从队伍最后偷溜了出来，她单独行走在偌大的灵宫内，心中正如鼓点般咚咚敲打着。

可她不知走了多久也没见到类似巽扬子寝宫的地方，就在她要折返回去，重新一间屋子一间屋子寻找时，眼前却出现了一处被紧蹙花团遮挡住的木门。

"这么隐蔽？莫非是有什么好东西？"涣芷熹嘟囔着，慢慢靠近了那七彩花团，可就在她的手刚刚触摸到那花团时，周围却蓦地响起了一阵刺耳的鸟叫。

她猛地抬头，发现忽然出现的漫天飞鸟，正长鸣着飞过灵宫的每一个角落。她回过神，见让飞鸟停止鸣叫无望，心下可惜地准备离开。

"你是何人！胆敢擅闯我灵宫阁！"巽封与带着一众灵子从天而降。他一袭冰蓝色的锦袍，面露不悦地盯着准备逃走的涣芷熹说道。

涣芷熹连忙低头跪下，唯恐被他认出，她故意尖细着嗓子说："巽王，小的该死，无意碰到了灵宫阁的机关，还请恕罪！"

"灵宫阁乃我灵宫第一禁地，你是哪个殿的灵女，竟敢胡闯到这里！"

"小的知错小的知错。小的是……"涣芷熹蹙眉想着，忽然记起了刚刚路过时见过的明清殿，立马回道，"小的是明清殿的灵女！"

涣芷熹的话才刚刚说出，便只觉周围的空气都瞬间冷冽了，她想抬头看个究竟，却还是不敢。

"涣芷熹，你不在魔宫好好待着，来我灵宫做什么？"沉寂了许久之后，巽封与才忽然冷笑开口。

见被巽封与认出，涣芷熹也并没有立马承认，她将头低得更低了："巽王，小的不知您在说什么？"

巽封与大笑："就算你要来，也得做好功课啊，明清殿乃我宫祭奠亡者的地方，那里空无一人，你说你是明清殿的人。哈哈哈……"

涣芷熹心中大呼，该死。

下一秒，便见涣芷熹恢复了正常，她不悦地从地上站起，直视着巽封与道："你早说啊！我怎么知道明清殿是这种地方！还取个这种名字误导他人！"

"说吧，你来做什么？"巽封与似乎不再想要和涣芷熹纠缠下去。

"你管我！"涣芷熹说着就要飞身离去，可当她刚刚升到半空便被一只迎面而来的飞鸟撞到了地上。

巽封与又是一阵大笑："既然来了，何必急着走呢！"说罢，便见巽封与面色一改，沉声道，"把魔宫少主请到幽禁阁去，好好招待。"

最后那四个字，巽封与几乎是咬着牙说的，他话音刚落，便见一旁的灵子上前道："是！"

05

涣芷熹没想到自己暴露的会这么快，她不悦地瞪着一旁的灵子，心里却打着小算盘。

可她的小算盘还没打出个名堂，她便见到了巽封与口中的幽禁阁，她大呼一声："巽封与这个老王八，竟然把天牢取个这种名字！你是不是神经病啊！"

话音未落，一旁的灵子狠戾地将涣芷熹推进了半圆形幽蓝色的结界内。

涣芷熹踉跄着摔倒在地，起身就要找灵子算账，可她才刚刚触碰到结界身体便像是被电触了一般，让她猛然后退。

"等我出去了要你们好看！"涣芷熹气呼呼地指着灵子喊道，可那几个灵子却像是没听到一般，转身就走了。

偷鸡不成蚀把米，大概说的就是此刻涣芷熹的遭遇了吧。

涣虞接到巽封与传来的消息，隐忍着怒火带着八百鬼兵前往灵宫时，人界和仙界也慢他一步收到了消息。

灵宫处在南海上方，万年的葱翠苍山如白云一般漂浮着，而灵宫便身在这苍山山顶。

涣虞到达灵宫时巽封与已经携众多弟子恭候在此了，微风轻轻拂过，却带着阵阵杀气。

"人呢？"涣虞面色淡然，但眸中却有两团烈火在炙热地散发着怒气，他狠狠地盯着眼前的巽封与说。

巽封与大笑："魔君乃稀客啊，不去我灵玄阁坐坐喝杯茶？"

"人呢？"涣虞重复着这一句。

"不知魔君所说是何人啊？"巽封与自顾自地说着，又拍了拍自己的脑袋，"哦，我糊涂了，昨晚我灵宫的确闯入了一个小毛贼，没想到惊动了魔君大驾，真是不好意思……"

涣虞神色冷冽，没有多话挥了挥衣袖，紧接着，巽封与身旁的一个灵子便立马全身燃起了火焰，且没过几秒就化为灰烬。

巽封与神色微变："涣虞！你不要欺人太甚！"

"我最后再问你一次，人呢？"

巽封与冷哼一声："我不知道你在说什么！"

"瞿唐？"涣虞没再回复巽封与的话，转而对着一旁的瞿唐喊道。

"属下在。"

"动手吧，半个时辰内，我要见到芷熹。"

"是！"瞿唐面色狠戾，带着八百鬼兵朝灵宫踏去。

巽封与见状立马上前布了一层结界，他怒气冲冲道："涣虞！你可想清楚了！若你胆敢妄动，我便立马让那丫头粉身碎骨！"

瞿唐停住上前的脚步，涣虞悠悠侧目再次看向巽封与。他浑身透着一股冰冷危险的气息，他轻声道："你试试。"

"我有什么不敢试的，今日你胆敢来犯，我便与你同归于尽，第一个陪葬的便是那不自量力的丫头！"

巽封与话音刚落，瞿唐便担忧地看向涣虞。

"说吧，你到底要做什么？"涣虞终于肯放下身段和巽封与谈论条件了，巽封与暗喜，故作姿态道，"蛟龙珠。"

话一出，只听周围一阵抽气声。所有人都不敢相信地看向巽封与，瞿唐震怒，大步上前怒斥道："你还真是胆大包天！"

巽封与无视了瞿唐的话，继续道："涣虞，用你的蛟龙珠来换那丫头的性命，不过分吧？除非，你觉得那丫头的命不值这么多……"

涣虞冷笑一声："她值得我整个魔宫，区区一颗蛟龙珠算什么……"

涣虞的话让巽封与大喜，可下一秒，他便笑不出了。

涣虞说："蛟龙珠就在我身体里，你来拿啊。"

巽封与微愣，狠狠道："你自己交出来！"

涣虞又是冷笑。

不知为何，巽封与看见他笑总感觉一阵胆寒。

涣虞道："我有心给，你却无心拿，怪谁？"

巽封与沉默，暗暗想着下一个对策时，涣虞在此时却飞身向前。、

他动手，没过几秒便见巽封与刚刚设下的结界轰然倒塌，结界内灵子灵女皆是一片重伤在地。涣虞出手势要取下巽封与的性命。

巽封与大乱，连忙应招。他催动灵珠，猛然朝涣虞攻去，涣虞冷哼一声，无视他的层层攻击，直逼他面前。

"住手！"楛里夷忽然出现，出手拦在二人中间。

巽封与受了轻伤，他捂住胸口，却故作严重的样子道："魔宫今日破了天下大忌，侵犯我灵界，今日之仇还请楛里长老做主！"

巽封与说着就要朝楛里夷跪下。楛里夷连忙将他扶起："此事我定当不会不管。"

话毕，楛里夷看向涣虞："涣虞，挑起各界战争，你可知罪！"

涣虞不以为意："我只是想带走我魔宫中的人，何罪之有？"

"什么人？"

槁里夷刚刚问完便见巽封与道："昨晚我灵宫闯入一个小毛贼，今日魔宫就来管我要人，不知魔君到底安的什么心思！"

"此话当真？"槁里夷蹙眉问道。

涣虞却答："是又如何？她若真的偷了你们灵宫东西，我照价赔偿便是。"

"怕是她不止偷东西这么简单吧！"巽封与狠狠盯着涣虞说道。

涣虞有些不耐："今日你不交出她，我定要血洗你整个灵宫！"

"放肆！"槁里夷大怒，"涣虞，你这般狂妄，要天下人如何容你？"

"我第一个就容不下你！"话说着，便见梁丘伯熠孤身前来。他一身盔甲，颇有随时战争的样子，他走到槁里夷等人身边，看着涣虞道，"你这狂魔，杀了我人界众人，今日又来侵犯灵界，当真是想要找死！"

涣虞无奈地笑了笑，他狠狠看向巽封与说："今日我来灵界要人是没错，但是你人间的百姓是为何而死，我想你是问错了人……"

巽封与被涣虞盯得心虚，他移开目光沉默不言。

梁丘伯熠又道："休得狡辩！今日你要是胆敢来犯，我人界三千精兵便在南海边上候着你！"

梁丘伯熠的话才刚刚说完，便见瞿唐凑在了涣虞耳边道："南海边有重兵集结。"

涣虞轻轻点头，又说："就算你三万精兵又如何？莫非我怕过？"

他话一出，众人顿时鸦雀无声，毕竟这可是无法否认的事实。

见状，涣虞又道："楮里夷，我今日不想开战，我只是来要人的，把涣芷熹交出来，我便立马离开。"

"既然她私闯我灵宫，那便是我灵宫的罪人，怎么你说要带走就带走！"巽封与斥道。

涣虞轻声一笑："她是我的人，如何成了你灵宫的罪人？你这话未免太可笑了些……"

见众人无话，涣虞又说："若你们是想我交出蛟龙珠，那便是逼我动手了？"

楮里夷白眉紧拧，略有困惑，这时巽封与凑到他耳边说："他是因为有了蛟龙珠才敢这般狂妄，所以我本想让他交出蛟龙珠削弱他的力量，也好让他对我们的进攻毫无反击之力。"

巽封与牵强的解释引得楮里夷十分不满："蛟龙珠存储着这千年来他所有的修为和功力，早就和他合二为一。若他强行逼出，便是要了他半条命，你觉得他会轻易交给你吗？真是异想天开！"

巽封与低头："长老教训得是。"

"涣虞，今日你且先带着这些鬼兵回去，待我查明灵宫偷窃一事，定会将你要的人给你送回去。"

"凭什么相信你！"瞿唐忽然怒道。

"就凭这是现在最好的办法。"楮里夷面色不改，拿在他手里的扶苏轻轻一甩，众人便见那凭空出现的景象里有轩辕山其他四位长老在南海海面上摆下了阵的画面。

楂里夷说："今日就算你要大开杀戒，我们也不过与你两败俱伤，没有人会讨得到好处。"

楂里夷的话让巽封与和梁丘伯熠瞬间底气大增，可涣虞却依旧不为所动："那又如何？"

众人惊叹，涣虞继续道："今日就算拼尽我毕生修为，我也要带涣芷熹离开。"

涣虞话音刚落，便见瞿唐一马当先上前走了几步，可就在两方剑拔弩张时，一个身影轻快地飞跃到涣虞身边。

第四章

步·步·为·营

忘情

WANG·QING

❧

01

"涣虞。"涣芷熹挽住涣虞的臂膀欣喜喊道。

涣虞面色微变，伸手握住涣芷熹的脉搏，等确认她身体无异后才轻声埋怨："可曾受了外伤？"

涣芷熹摇头，涣虞又轻声道："回去再收拾你。"

就在涣虞和涣芷熹还在说着悄悄话的时候，巽封与勃然大怒，指着涣芷熹："你！你怎么出来的！"而后他又四下望了望，喝问："公主呢？"

闻言，灵宫众等无一敢上前应答。

巽封与气急，又重复了一遍："公主呢？"

见巽封与气得跳脚，涣芷熹得意地上前几步对他做了个鬼脸。

巽封与忽然就像被人打了一巴掌似的，面红耳赤。只见他挥掌就要朝涣芷熹打去，瞿唐见状立马上前拦在涣芷熹面前，而巽封与也被楉里夷伸手拦住。

"就你这破天牢还想困住我啊？怎么，你幽禁阁的雷珠不管用了，现在怪我？"见到涣虞后，涣芷熹俨然像有了后盾一般，说话毫不遮掩。

涣虞不易察觉地扬起嘴角，接着涣芷熹的话说："楮里夷，我要的人现在已经在这儿了，我可以走了吧？"

"我灵宫岂是你想来就来，想走就走的地方！"巽封与怒吼，仍旧一副想与涣虞决斗的模样。

涣虞挑眉望向巽封与，楮里夷则一脸不耐地拉住巽封与厉声道："巽王！他本就是魔人，你何苦与他斤斤计较！"而后楮里夷又对涣虞摆了摆手，"走吧。"

梁丘伯熠和巽封与皆是一副吃惊的模样。

二人正想要阻拦说些什么的时候，却见涣虞不屑一笑，悠然拉着涣芷熹转身。

眨眼间，刚刚还排满了灵宫殿前的八百鬼兵便随着涣虞瞬间消失。而后只听得空中幽幽传来一句："我本与你们井水不犯河水，你们却因自身弱小而处处与我为敌，今日我且让你们狂妄，他日再见，我定不会手下留情。"

话音由远及近缓缓消失。

站在灵宫的众人皆是倒吸了口凉气。

梁丘伯熠气愤道："这魔人如此嚣张，楮里长老你当真就由他去吗？"

楮里夷甩了一下扶苏，又摸了摸自己白花花的胡子，长叹道："既然如此，正邪一战，看来已无法再逃了。"

楮里夷话一出，便见巽封与眼中笑意一闪而过。

梁丘伯熠又冷哼一声道："我大梁国数十条人命，下次，我定要找这魔人算个清楚！"

灵宫的众人还在商讨着对付魔界的对策时，涣芷熹和涣虞却早已到了修冥殿。

涣虞一路无话，进了房门后也不拿正眼去瞧涣芷熹。

涣芷熹自知自己有错，连忙讨好似的跟在涣虞身后，拉着他的长袖可怜兮兮道："涣虞……"

被唤的那人没有答话。他轻甩开涣芷熹的手，独自走到软榻前坐下。

涣芷熹心中猛然一沉，她立马跟上前，眨着那双无辜的大眼睛轻唤道："叔叔……我错了。"

涣虞还是无话，涣芷熹急道："涣虞，你生气了骂我啊，罚我啊，你为什么不理我？"

涣虞轻叹了一声，冷冷道："你去那里做什么？"

"我……"

涣芷熹支支吾吾着，涣虞又道："不肯说？"

"不是，我……我去那里是因为……"涣芷熹说着，又怯怯地看了一眼涣虞。

涣虞面无表情，一脸静默地等着她的答案，可她却怎么也说不出口。

片刻后，涣虞道："不说可以，反正是杜若帮了你，她现在已经在冰室关了一整天，只要你一日不说，她便一日不会出来。"

"涣虞！"涣芷熹惊道，急忙说，"这不关杜若的事！"

"她帮你骗了我，怎么会不关她的事？"

"是我逼她这样的。"

"可她的确是这样做了，不是吗？"

"涣虞……我错了，我真的错了，你放过杜若吧……"

杜若身上的瘀伤还历历在目，一想起涣芷熹便泪涌眼眶。她扑通一声就在涣虞面前跪下："我甘愿受任何惩罚，求你放了她。"

涣虞的眼中似有不忍，可下一秒他依旧冰冷道："那你就告诉我你为什么要去灵宫？"

"我……"涣芷熹犹豫着不知该如何开口。

涣虞也不急，他就静静地坐在软榻上，不再逼问也不说话。

"我怕那些人在你百年之日的时候来攻打魔宫，所以……"涣芷熹停顿了几秒，继续道，"所以就想去灵界偷灵珠，给你在百年之日时护体。"

涣虞蹙眉："你怎么知道灵珠可以助我渡过难关？"

"我……"

"谁告诉你的？"涣虞眼中升起一丝怒气。

涣芷熹快速瞟了他一眼，而后又立马低头："我偶尔听来的。"

"谁告诉你的？"

"我……以前在人间游玩的时候，听别人偶尔说起的。"

涣虞眉头轻蹙，淡淡道："你在昨天之前都不知道有这个事情，何以会在几个月前就听人提过？"

"就是……就是以前就听说过啊……"

"涣芷熹。"涣虞忽然正色道，"为何你在做任何事情之前都不肯先来问问我？你知道这次你有多危险吗？"

"我只是……"涣芷熹心虚道,"我只是想救你。"

涣虞眼中涌起一丝心疼,但也隐隐有些怒气,他重呼了一口气:"或许在几百年之前灵珠对我的百年之日还有些效果,可是这些年过去了,蛟龙珠早就与我合为一体,就算是七颗灵珠一起放在我身体里也不会起任何作用。"

"那怎么办?"

涣虞蹙眉:"所以你为何在做这件事情前不先来问问我?你对我就这般没有信心吗?"

"不是……"

"那是如何?"

"如果我说了,你肯定不会让我去的。"

"我不让你去,定是有我的理由,你为什么不肯听话呢?"

涣虞的话让涣芷熹一阵不安,她胡乱扯着衣角,嘴唇抿成一条线:"我错了,我这就去惩戒狱领罚。"

涣芷熹欲哭,说着就起身准备往门口走去,此时涣虞却又道:"站住。"

见涣芷熹停住脚步,涣虞踱步到她面前:"从今日起,你就搬进修冥殿,必须时时刻刻在我眼前。这就是对你的惩罚。"

涣虞话音刚落,便见涣芷熹不敢相信地抬起头:"就这么简单?"

"嗯。"

"不用去赤焰阁、冰室、石室?不用去见烈吞?"

"不用。"

涣芷熹欣喜若狂，拍掌就要抱住涣虞庆祝，可顿了几秒她忽然道："那杜若呢？"

涣虞不易察觉地浅浅一笑，淡淡道："罚去打扫惩戒狱了，三个月。"

"啊？"

"你觉得罚轻了？"

"不是不是！"涣芷熹连连摆手，讪讪笑道。

"去熹明殿收拾行李吧，我让瞿唐帮你去搬。"

涣芷熹点点头，乖乖朝门外走去。而瞿唐早已站在门口，等待她的出现。

"你没事吧？"涣芷熹一出门瞿唐就担忧道。

"没事。"

"那……你现在是要去惩戒狱吗？"

"去熹明殿？"涣芷熹说着抬头遥望了下天空，长叹了口气后提步朝熹明殿走去，她走了两步又停下，转身回望了还愣在原地的瞿唐道，"走啊。"

"你回熹明殿，我跟着干吗去？"

"涣虞说要我以后搬来和他一块儿住，他啊，这是在软禁我！"涣芷熹哀怨地叹了一声，却见瞿唐脸上的肌肉猛然僵硬。

涣芷熹见他还站着不动，便不耐道："走啊，帮我搬行李！"

瞿唐蹙眉："你真的要住过来？"

"不然呢？"

"孤男寡女……不好吧？"

"我住侧室，他住主室，有什么不好的？而且……"涣芷熹理直气壮地说着，却又忽然想到了什么似的瞬间红了脸，羞涩地嘟囔道，"而且他又不是我亲叔叔，就算有什么也没事儿吧。"

"少主！"瞿唐双眼一瞪，身体也猛然一怔。

"好啦好啦，快走吧！等会儿我还要去看杜若呢！"

涣芷熹不以为意地摆了摆手，说着就跨步朝前走去。

瞿唐跟着也不是，不跟也不是。几番纠结后他气闷地重叹一声，乖乖跟在涣芷熹身后。

02

把行李搬到修冥殿后，涣芷熹就迫不及待跑去了惩戒狱。

恰好杜若刚扫完惩戒狱大堂的地，见到涣芷熹过来她立马前去迎接。

她将涣芷熹全身打量了一番，才道："少主，你没事吧？"

"我没事，你呢？"

"我也没事，你是来领罚的吗？"杜若蹙眉问道。

涣芷熹小手一摆，搭着杜若的肩膀朝烈吞的主座走去。

"不是，我是来看你的，看这里有没有人欺负你！"涣芷熹狠狠地盯着暂替烈吞职务的小鬼故意说道。

杜若浅笑："没人敢欺负我，只是，难道这次魔君没有惩罚你？"

涣芷熹坐上小鬼为她让的主座悠然道："有啊！"

杜若连忙上前问道："什么？"

"他让我搬去修冥殿住了，方便时时刻刻看着我，美其名曰就是软禁。"

"那倒好。"

"好？"涣芷熹猛然从座位上起身，"哪里好了！我现在来这里也是和他软磨硬泡了好久他才放行的！现在惩戒狱外面还有四个跟着我来的魔界弟子呢！"

"魔君那是担心你！"

"这我倒是知道。"涣芷熹说着又重新坐在了藤椅上，脸上无端飞来一抹晕红。

涣芷熹还在甜甜笑着时，惩戒狱内却忽然响起一阵刺耳的长鸣。

那声音一出便见站在大堂两侧的鬼兵皆是捂耳弯腰，痛苦不已，与之一起的还有刚刚让出主座的小鬼。

涣芷熹还没弄清楚状况，却见杜若也蓦地蹲下了身，满面痛苦。

"你们怎么了！"涣芷熹连忙起身跑到杜若身边蹲下扶住她诧异问道。

小鬼痛苦道："是那东西，又开始了！"

"什么东西！"

小鬼抱着头，痛苦得无法出声。

涣芷熹焦急不已，起身就要去喊涣虞来看个究竟，可就在这时那阵刺耳的鸣叫却忽然停止了。

　　小鬼躺在地上，全身湿透，他大口地喘着粗气，半天都没回过神。杜若的神色也慢慢缓和了些。

　　"刚刚那声音是从哪里来的？"涣芷熹转头看向小鬼问道。

　　小鬼气喘吁吁地回答："是烈吞太爷，太爷……"

　　"太爷？太爷怎么了？"

　　"不是太爷，是太爷亲自抓来的怪物。"

　　"怪物？什么怪物？"涣芷熹继续问道。

　　小鬼摇了摇头："我也不清楚，只知道是一百年前，烈吞太爷亲自动手将它关进地魔塔的。不过这些年它一直好好的，不知怎么最近总是频繁地鸣叫……"

　　"只要它一叫你们就会像刚刚那样？"

　　小鬼点了点头。

　　涣芷熹连忙将视线放到杜若身上，蹙眉问道："你没事儿吧？"

　　"没事。"杜若说着缓缓起身，看向涣芷熹说，"走吧，我陪你。"

　　涣芷熹轻轻一笑，用力点了点头。

　　最好的默契便是二人不用说话就知道彼此的心思。就像现在，涣芷熹什么都还没说，杜若就知道她想要去做什么，并且义无反顾地陪着她一起，哪怕是闯祸。

　　二人几乎是没有停顿就来到了地魔塔。

　　塔周空无一人，而整座塔则是由巨大的铁链封锁着，塔顶还有一个巨大的红色光圈，那是涣虞的标志，而这里也是惩戒狱所说的第十八层。

你不用受尽皮肉之苦，却会永远都在你最痛苦的记忆里轮回。

世间最恶毒之事，也不过如此。

"我怎么进去？"

涣芷熹仔细查探着整座塔，却没有发现一处入口。

就在她准备硬碰硬时，却听得那塔里传来一阵震动，

"你终于来啦？"一道说话声暮然出现在涣芷熹脑海，她警惕查看四周，却见杜若一脸困惑地看着自己。

"少主，你怎么了？"

"你有没有，听到什么声音？"

杜若拧眉，摇了摇头说："没有啊。"

"那你没有看见这座塔正摇摇欲坠吗？"

杜若更加困惑，摇头道："也没有啊。少主你怎么了？"

涣芷熹这才察觉到不对，她神色怪异的就要往来时方向离开，她提步道："走吧。"

"刚来就要走？这可不是你对待老朋友该有的方式啊！"

说话声再次涌进涣芷熹脑海，她停住脚步问道："你是谁？"

"少主？"杜若以为涣芷熹是在和自己说话立马问道，涣芷熹却摆手，让她噤声。

"我是谁你进来不就知道了？"

涣芷熹蹙眉，转头便见那地魔塔摇晃得更加厉害。

她不自知地开始慢慢靠近地魔塔，却在走了几步之后被杜若一把拉住。

第四章

步·为·营

"少主，你怎么了？"杜若焦急。

涣芷熹却像没听到般继续前景。

她犹如被招了魂，旁人拉也拉不住。

"少主！"杜若再次喊道，只是这次她话音刚落便见涣芷熹被地魔塔吸了进去。

事情眨眼，杜若连涣芷熹进得是哪扇门都没看清。她心急想要进去，却被生生挡在结界之外。

被吸进来的涣芷熹倒在了一个封闭的空房之内，房间四周的墙壁上皆是妖魔鬼怪的石壁画。

涣芷熹迷茫地躺在地上，看着悬挂在头顶的巨大蓝色水球，忽然觉得这里一切无比熟悉。可无论她怎么回忆，都想不起自己何时到过这里。

就在涣芷熹还在发愣时，一个马首蛇身的怪物忽然从壁画中出现。

那怪物足有五米长，头上还带着白色胡须和两个不长的犄角。

它围着涣芷熹环绕了几周，而后又在水球周围飞行了几圈，才慢悠悠地在涣芷熹面前停下，化作一位翩翩公子的模样。

"好久不见啊，我的乖鱼鱼……"他开口说话的声音和刚刚在涣芷熹脑海里浮现的声音一模一样。

"你是谁？"涣芷熹警惕地看着对方问道。

那怪物化为人后一袭冰蓝色衣衫，头发也是冰蓝色的，他眉眼如凤，眼角细细向上挑起，让人一看便无法忘记。

见涣芷熹询问自己的身份，他立马失落地叹了口气，朝涣芷熹走近问：

"真的不认识我了？"

涣芷熹迷茫地摇了摇头。

那人继续说道："你以前喜欢喊我乳名如风。"

"如风？"

如风点了点头，而后靠近涣芷熹仔细端详起来。片刻后，他说："原来你长大了是这样子的啊。"

"我们以前见过？"

涣芷熹的话一出，便见如风哈哈大笑了起来，他指着墙壁上一处画满了划痕的地方说："那可不止见过，你和我可是一起生活了八十四年的。"

如风说着便随意躺到了地上，得意地看着涣芷熹，有些好笑地看着她此刻迷茫又困惑的表情。

涣芷熹仔细看了一眼那些划痕，发现是些很有规律的计数，她喃喃道："可是……我才十六岁。"

"那是你从这里出去之后的年纪，其实你都活了上千年了。"如风的话让涣芷熹觉得有些荒诞可笑。

她摆手，轻笑着说："怎么可能！我哪有那么大！"

"不信？不信你就去问涣虞啊。"

如风这般肯定的样子让涣芷熹不敢轻易相待，她在如风身边坐下说："你刚刚不是人，怎么现在又是人了？"

"我是一条蛟龙，刚刚那是我的真身。"如风随意跷起二郎腿，毫不在意地说道。

可涣芷熹却蓦地一怔，喃喃道："那蛟龙珠……"

"哦，那是我父亲的。"

03

如风随口应答的语气让涣芷熹有些难辨真假，他却猛地从地上坐起盯着涣芷熹问道："现在外面好不好玩？和我说说。"

"那你先告诉我你是怎么被关进来的？"

"一百年前我想为我父亲报仇，所以便等着涣虞的百年之日想趁机报复，从而拿回蛟龙珠。可是没想到我刚准备下手就被烈吞那老东西收了进来。"

涣芷熹蹙眉，一点都不觉得如风用轻松语气说出来的事很轻松。可不等她发表意见如风又道："幸好那时你就已经在这里了，所以我也不算孤单。"

"那你……是不是知道怎么破解涣虞百年之日的方法？"

"当然知道啊。"

"那你可不可以告诉我？"

涣芷熹恳切地看着如风，见他轻叹了一声说："蛟龙珠和他已经合二为一了，所以用与蛟龙珠相生相克的灵珠是不会有用的了。"

涣芷熹低头，闷闷道："我知道，这次我擅自行动去偷灵珠，差点闯了大祸……"

如风宠溺地笑了笑，涣芷熹又道："那然后呢？还有其他的办法吗？"

"东海深处有个名叫死亡旋涡的地方，那是混沌初开时天石砸下的海底深洞。只要进去了，不管是谁都会每日增长百年功力，而像涣虞这种情况则可护他安好，蛟龙珠的反噬也会在那里得到压制。而且，相传进去那里的人可关闭死亡旋涡的入口，让死亡旋涡从世间消失，只有等到里面的人想出来了，死亡旋涡才会重现于世。"

如风的话让涣芷熹一阵阵的惊喜，她双眼放光，一把拉住如风臂膀："真的？太好了！"

如风看着眼前蹦蹦跳跳的小女孩，心里一阵悸动，可是忽然他却像是想起了什么似的，狐疑问道："为什么你想不起来你十六年之前的事？难道涣虞把你这段记忆封闭了？"

不等涣芷熹回答，如风便一拍大腿："我就知道！那个大魔头果真什么都干得出来！"

"你说我已存在上千年？那为什么到现在我还是只有十六岁？"

如风轻轻一笑："不奇怪啊，我进来的时候你也一直是两岁的样子，我们在这里生活了八十四年你也没长大过啊！我还以为你不会长呢，没想到你都长这么大了啊！看来涣虞也没亏待你啊……你那时候刚出去的时候我还担心得要死。对了，你问我关于破解百年之日的方法，难道真的要救他？"

涣芷熹讪讪地点了点头。

不知为何，明明是可以理直气壮的事情，如风问起她心里却莫名发慌。

就在她以为如风会发怒的时候，却见如风面上露出了一丝人畜无害的坏笑说："死亡旋涡乃东海深处，这千万年来一直由上古神兽精卫鸟守护，你去了不一定能找到，就算找到了，也不一定进得去。"

"那怎么办……"

"随便办啊。这都是命，你要看开些。"如风假意安慰着，面上却喜滋滋地笑了起来。

可此时涣芷熹却面露凝重，她坚决得义无反顾："那我也要试一试。"

如风无言，却见涣芷熹又问，"蛟龙珠的反噬当真那么厉害？就连涣虞也会承受不住？"

如风得意的一笑："那是当然，蛟龙珠可是承载了我们呼风唤雨能力的护心珠。反噬的能力当然不可小觑。何况涣虞的力量现在到了前所未有的高度，他承受的反噬自然也会大一些。"如风说着，他眸光一闪，"但就是因为得到它力量就会变得强大，所以才会有那么多人寻找我们，哪怕付出生命的代价。不过幸好我们整个族群都隐蔽了起来，这千万年来也就只有涣虞一人找到过我们。而且拿到了蛟龙珠。"

"那被取走了蛟龙珠的蛟龙……会怎么样？"

如风一声冷笑："怎么样？当然是魂飞魄散，灰飞烟灭啊！"

涣芷熹猛然一怔，一时不知该再说些什么。

顿了片刻，涣芷熹问道："那你知道我的身世吗？"

如风抿嘴，仔细回想了一番，而后摇头说："没……你那时候才两岁，话都说不清，我上哪儿去找你的身份啊？"

"那你和两岁的我……一起生活了那么久，不觉得无聊？"

如风扑哧一笑，伸手捏了捏涣芷熹的脸："我的乖鱼鱼那么可爱，无聊什么！倒是你离开的这十几年我都快憋死了……"

涣芷熹揉了揉脸，有些委屈道："你为什么喊我乖鱼鱼啊？"

此时的涣芷熹对这个陌生男人已经开始感到莫名的亲切了。她不自觉想要和他说得更多，也毫不排斥和他接触。

"因为我是蛟龙啊，平时在北海里都只有鱼虾蟹和我玩，其中我最喜欢鱼了，所以就喊你鱼鱼啊。反正那时候你也没名字……"

如风耐心解释道，涣芷熹也像听故事一般仔细聆听。尽管她心中还有诸多疑问，可现在却一点也不着急问了。

而且虽然眼前这个人对涣虞似乎仍有敌意，可她却自信对方不会伤害自己。

聊了一会儿之后，如风便道："外面有人来找你了。"

"嗯？"涣芷熹往窗外望去，只见外面一片漆黑，她说，"没有啊。"

"涣虞来了。"如风面色一秒变得严肃起来，他如临大敌，隐忍怒意道，"你先回去吧。"

"那你怎么办？"

涣芷熹担忧的样子让如风又忽然笑了，他再次捏了捏涣芷熹的脸："当然是继续待在这里啦……如果你有时间的话就过来看看我，但是我估计那个大魔头是不会再让你靠近这里了。"

"我要怎么和涣虞说他才会让你出去啊？"

"傻鱼鱼，你会放一个要你命的人出去吗？"

涣芷熹沉默，又道："那你真的会要他的命吗？"

如风弯腰，直视涣芷熹的双眼："他让我父亲灰飞烟灭，你说，我能放过他吗？"

"那你为什么还要告诉我，关于破解他百年之日的方法……"

如风轻轻一笑："如果当真被你找到了死亡旋涡，那也是他涣虞的造化。那他正好留着命等我出来亲手取，如果你没找到，我告诉你也无妨啊……"

涣芷熹微微愣神，如风又道："回去吧。"

"我以后会来看你的。"

涣芷熹做着最后的承诺，却见如风宠溺一笑，化为了蛟龙。下一秒，涣芷熹便感觉被一股强大的力量推了出来。她倒在地上，睁眼看见的第一个人便是隐忍怒火的涣虞。

04

"回去！"涣虞从未用这般狠厉的语气对待自己，涣芷熹有些手足无措。当杜若将她扶起时，她惶恐不安地跟在了涣虞身后。

到达修冥殿之后，涣虞厉声道："跪下。"

涣芷熹乖乖跪下，心里无限的委屈和愤懑在此时就要爆发。

"你为什么会去那里？"涣虞背对着涣芷熹冰冷质问。

涣芷熹抿着嘴，不肯说话。见状涣虞提高了声音又问："你为什么会出现在那里？"

涣芷熹越发委屈，依旧不肯说话。

涣虞气急，怒声道："说话！"

"你要我说什么啊？说你杀了如风的爹还囚禁了他吗？说你其实也曾囚禁过我上千年吗？说我其实连个弃婴都不是，其实是个一千年才长两岁的怪物吗？"

涣芷熹的话回荡在整个修冥殿内。她努力忍着泪水，一声比一声大地质问着他，涣虞气急，挥袖就将涣芷熹摔倒在地。

涣芷熹猛烈咳嗽了一声，涣虞却没有上前将她扶起。

片刻后，他居高临下地看着涣芷熹说："你觉得这些年，我对你有所亏欠吗？"

涣芷熹沉默，涣虞继续道："有些事我不告诉你，自然有我不能说的理由，你又何苦逼我？"

涣芷熹含泪，冷笑了一声："我不逼你，只是你为何又要逼别人？害得如风的爹爹灰飞烟灭还不够，现在又囚禁他这么多年，你就不觉得愧疚吗？"

"如果我说……"涣虞隐忍怒意，他看到涣芷熹满脸失望，也瞬间失落，垂下指向涣芷熹的手，"如果我说，我这颗蛟龙珠，是他父亲自愿给我的，你信吗？"

涣芷熹微愣，而后又失望地冷笑："这世间难道真有人愿意为了谁去死？涣虞，你是在骗我，还是在骗你自己？"

"我愿意。"涣虞顿了顿道，"我愿意为了你去死。"

涣芷熹猛然一怔，喉咙哽咽，片刻后，她故作坚毅道："如风的父亲和你非亲非故，为何要为你去死？"

"因为他是我的亲舅舅。"

涣芷熹无言，又见涣虞红了眼眶，他颓败在软榻上坐下，陷入了回忆。低头继续说道："舅舅本是蛟龙族群中最有资格担当首领的，可当年我母亲却与外族人相恋，犯了蛟龙族的大忌，我母亲被赶出蛟龙族后舅舅继任首领一事也再无可能。"

"而当年母亲被赶出来之后，父亲发愤图强，势要闯出一片天下，来向我母亲和她族人证明她没有选错人。可是，当父亲的势力越来越强大，他想要的能力也越来越多，最后，他走火入魔了……"

"可当时，所有正派都忌惮他的势力，怕他统一天地，所以派出各界强将在父亲走火入魔那一天将我全族杀害。我因贪玩外出，躲避一劫，也是从那时起，我便开始了重振魔界的计划。"

涣虞说着又看向涣芷熹："为了帮我，舅舅主动找到我，将蛟龙珠放入我体内，我无法拒绝，而且我也没让他失望……"

"那……如风便是……"

涣虞点了点头："我的弟弟。"

涣芷熹愣在原地，半天没有回过神。涣虞长呼一口气从软榻上起身，将她从地上扶起，问道："疼吗？"

涣芷熹摇了摇头，说："不疼。"

"对不起，是我鲁莽了。"涣虞心疼道歉。

涣芷熹连忙摆手："该说对不起的是我……"

涣虞轻轻扬了扬嘴角，摸着涣芷熹的头发："现在……还怪我吗？"

涣芷熹说："我信你。"

"关于你的身世，我会告诉你的，可不是现在。"涣虞顿了顿说，"芷熹，你能等等我吗？"

涣芷熹思虑了片刻，而后郑重地摇了摇头，她一把抱住涣虞："就现在这样挺好的，我不想知道我的身世。"

涣虞抚了抚涣芷熹的背，长呼一口气，再没说话。

傍晚，月凉如水。

涣芷熹在修冥殿的侧室内睡得憨甜。涣虞帮她掖了掖被子后才悠悠出了门。夜色中，他独行在魔宫内，直入惩戒狱的地魔塔。

见到涣虞出现，还在睡梦之中的如风却忽然兴奋了起来。

他从壁画中出来，围着涣虞绕了好几圈，不停喷水挑衅，却都被涣虞的结界尽数拦下。顿觉无味，如风才怏怏化为人形。

他慵懒地伸了个懒腰，说："你来干吗？活得太久了，想通了，要把命还给我？"

"你还是要这般固执吗？"涣虞淡淡道。

如风只觉得好笑，他说："我固执？"

涣虞正视着如风，说："你是我弟弟，我自然不会害你，可是你为何要将这些说给涣芷熹听，你就如此固执地想要毁掉我吗？"

如风眸中怒火再现，他道："怎么？告诉她就是毁掉你？当初你接受我爹的蛟龙珠时怎么没想过那是在毁掉他呢！"

忘情
WANG·QING

涣虞无话，如风又狠狠朝他啐了一口："弟弟？呵……你还真是有脸叫得出口！"

"我到底要怎样做你心里才会好受点？"

"简单啊……把我放出去，和你决一死战。"

"你知道你打不过我的。"

"那又如何？我有何惧？"如风面色肃穆，一脸欲要离去的模样。

涣虞轻叹一声，从怀中拿出一把匕首。那匕首的刀刃上还若有似无地泛着绿光。他将匕首递给如风说："这是我门下最烈的毒刃，只需轻轻割破一层皮，那人便会立马七窍流血而死。我给你机会，如果你是这么想要我的命的话。"

匕首在如风眼下，泛着森森的光，刚刚还喊着要取下他性命的自己，此刻却变得犹豫不决。涣虞静静等在原地，片刻后，却见如风转身，背对他斥道："我要光明正大地赢你！"

"好。"涣虞收起匕首，"你再等等，我一定会给你这个机会。可是你需要答应我一个条件。"

如风未动，涣虞继续说："不能告诉涣芷熹她的身份，一点也不准透露。"

如风轻蔑冷笑一声："我怎么知道她的身份，你这是多此一举。"

"我不信这么多年在这里，你就真的只是发呆睡觉而已。"

见涣虞直接点破，如风也不再遮掩，他转过身说："对，我猜出来她的身份了，但是我也知道了她的存在就是你辜负我父亲最大的证明！"

涣虞不动声色地轻叹了一声，转身走到终年黑暗的窗口道："拜托你了。"说罢，他便消失不见。

如风苦笑，一声比一声大，最后，那眼中笑出了眼泪，笑声也变成了刺耳的低鸣。

惩戒狱中，又是一片鬼哭狼嚎、满地打滚的情景，可这些，涣虞都没有再去注意了。

05

接下来的几天，涣芷熹都在涣虞身边充当一个好孩子。

她每天都日出而醒，日落而息。和涣虞静坐，下棋，耍赖，吃饭，二人快活得好像什么烦心事都没有，虽然被涣虞强行留在身边，连惩戒狱也不能去，但这样的生活涣芷熹竟也十分欢喜。

巽扬子来的那一天，涣芷熹正躺在地上，为了想要悔棋而满地打滚。涣虞宠溺地看着她笑，却也乐得这样逗她。瞿唐进门通报的时候，涣虞才想起那日涣芷熹从灵宫逃出来的蹊跷。

"让她进来吧。"涣虞淡淡道，伸手就将涣芷熹从地上拉了起来。

"魔君好兴致啊，和侄女儿玩得也这么开心？"巽扬子依旧落落大方地笑着，可那话里却分明带着些刺。

涣芷熹很快察觉了不对，她立马上前说："公主，那日我还没有谢谢你救我出来呢……"

巽扬子微微一笑，友好地拍了拍她的肩，说："你是涣虞的孩子，我能帮的自然会帮。"

涣芷熹微微一愣，而后不知为何失落地点了点头："谢谢你。"

"你来做什么？"涣虞将刚刚那颗涣芷熹想要退回的棋子捡入了涣芷熹的棋盒中，他淡淡道，语气冰冷，似要将人拒之千里。

巽扬子面色微凛，而后迅速恢复正常："自然是有事要问你。"

涣虞蹙眉，心中似乎早已知晓她想要问的事。他抬起头，看向一旁的涣芷熹道："你先出去找瞿唐玩会儿。"

涣芷熹乖乖点头，应道："好。"

涣芷熹抬脚刚刚走出大门，便听巽扬子立马问道："为什么我的灵珠会在她体内？"

"灵珠你不是已经给我了吗？"

"我是给你的，但是……"

"那还有什么疑问吗？你给了我，那这个东西就是我的了，我再把它用在哪里，难道不是我的事情吗？"涣虞打断巽扬子的话淡淡道。

巽扬子不敢相信地盯着涣虞，片刻她才冷笑几声说："我对你的心意你却轻易给了别人，涣虞，你好狠的心啊！"

"你早该知道的。"涣虞淡淡道。

"既然如此，那我收回我的东西可以吧？如果你不要，请把灵珠还给我。"巽扬子脑中浮现那日她将涣芷熹放走时，偶然发现她体内灵珠时的情景，她永远也不会忘记，那一刻，无限的羞辱，无限的委屈还有无限的无奈，一层一层涌进她身体里的每一寸。

她势要找到涣虞问个清楚，就算冲破巽封与对自己的软禁，她也一定要来。

其实她从未想过要和涣虞争吵什么，只是她已经控制不住自己了，这种感受就像自己虔诚奉上的真心被人当面踩了个稀巴烂。

涣虞停下摆棋的动作，看向巽扬子道："为了补偿你……"

巽扬子被涣虞忽然的话燃起了希望，她看向涣虞，继续听他说："我不会主动发动与灵界的战争，也不为你们囚禁了涣芷熹而报仇。"

巽扬子无奈苦笑了一声，她说："那我是不是还要谢谢你？"

说罢，不等涣虞回答便见巽扬子阴冷着脸大步朝门口走去。涣虞继续摆放棋子，悠悠道："不谢也可以。"

巽扬子从修冥殿刚一出来便见涣芷熹正嬉笑着和瞿唐打闹，二人没有兵器，徒手过招，涣芷熹每次快被瞿唐制服的时候，巽扬子都见瞿唐会刻意松手让她。

见此，巽扬子急步上前，站到二人身边笑里藏刀地说："要不，我和芷熹过一招？"

不等涣芷熹答应，瞿唐就一步上前，拦在巽扬子面前道："不用了，公主事务繁忙，还是不要在这些小事上费心。"

"怎么是小事呢？你们少主练功可是大事，我这个做长辈的，指点指点，也是应该的。"

"公主……"

"那麻烦公主了。"涣芷熹拦住瞿唐继续阻止的话，她笑意然然地看着巽扬子说。

巽扬子不动声色地扯了扯嘴角，眼里尽是不屑。

此时，涣芷熹又道："涣虞应该在小憩了，我们换个地方吧，以免吵到他。"

涣芷熹的话正合巽扬子的意，她连想都没想就应下："好。这里是你的地盘，你带路？"

"自然。"

涣芷熹说着就点头带巽扬子往后殿走去。瞿唐蹙眉想要阻拦，却挡不住涣芷熹一记警告的眼神，悻悻然间也只好跟随而去。

后殿与熹明殿中间隔了几个花园和一片竹林，到达竹林的时候，涣芷熹忽然停住脚步，对着巽扬子道："就在这里吧？"

巽扬子环视了一眼四周，说："可以。"巽扬子说罢又看向一旁的瞿唐，"那还烦请瞿将军为我们判定输赢了。"

"不能使用法术和武器，所有招数点到为止，若有任何不适尽快认输。这只是小小的切磋而已，还请二位不必太过当真。"前一句瞿唐是对着涣芷熹说的，而后一句他便是对巽扬子说的。

涣芷熹感激点头，巽扬子也微笑应允。

巽扬子自持长辈的身份故意让涣芷熹先出招，她左避右挡，轻松化解涣芷熹出的招数。

涣芷熹见状立马铆足了劲儿继续向前，巽扬子却不屑地笑了笑，说："现在该我出手了。"

话音刚落，便见巽扬子连连进攻，将涣芷熹逼到一根柱子前，退无可退。此时，涣芷熹像是故意一般，伸手握住巽扬子的肩膀，而后被她一把擒住。就在瞿唐担忧地看着战况时，涣芷熹却在靠近巽扬子时说："帮帮我。"

巽扬子眉眼一蹙，奇怪地看向涣芷熹，就在她往后退去的时候，却见涣芷熹主动拉住了她的臂膀，不让她离开。涣芷熹凑到她耳边，用极低的声音道："我找到了帮涣虞度过百年之日的方法，但是还需求证。请你帮帮我……"

涣芷熹面色诚恳，巽扬子这才反应过来，向来对自己礼貌有加的涣芷熹为何会突然接受自己的挑战。她继续和涣芷熹过招，唯恐瞿唐看出名堂。

此时，涣芷熹与她翻背而过时说："东海深处有一死亡旋涡，我要找到那里。"

又一招过去，巽扬子道："我去帮你找，找到了我会告诉你。"

"谢谢。"涣芷熹一直凝着的面色忽然变得轻松，她道，"烦请您别告诉任何人，特别是你们灵宫自己的人。"

涣芷熹的话虽然巽扬子不爽，但她却无法否认这个事实，她应道："嗯。"

巽扬子连连紧逼，出手将涣芷熹拍倒在地。涣芷熹捂住肩膀，大声求饶道："不比了不比了，我输了！"

话一出，便见瞿唐立马赶了过来，问道："怎么了，伤哪儿了？"

涣芷熹哎哟哎哟地叫着，巽扬子却冷笑一声："我不知道你功夫这么差，出手重了点，你别介意啊。"

涣芷熹捂住肩膀龇牙咧嘴地看了看巽扬子，巽扬子却事不关己地看了看瞿唐道："那我先回去了，你好好照顾你们少主吧。"

说罢，便见巽扬子白裙飘飘消失在了半空之中。

第五章

·心猿·意马·

忘情
WANG·QING

✦

01

自打那日和巽扬子比武后，连着好几天涣芷熹都心神不宁。原本瞿唐以为她是因为输了所以憋着劲儿想怎么使坏，可每次当他想靠近说些什么安慰的话时，涣芷熹便会让他离她远点儿。

或许，她只是想一个人静静。

瞿唐这般天真地想着，也就由着她去了。

又过了几日，巽扬子已经越来越焦躁，涣虞看着她在修冥殿上下窜来窜去，也睁一只眼闭一只眼，没有说破。可这时，瞿唐却已经忍不了了。

他一把将涣芷熹带到后殿竹林，蹙眉问道："少主，你是不是还在为和公主比武输了的事不开心啊？"

"没啊。"

"不开心您可以说出来，大不了我再找几个鬼兵来陪你练练，准保是他们输。"

"我像是那么输不起的人吗？"涣芷熹没好气地给了瞿唐一个白眼道。

瞿唐抓了抓头，一本正经的无辜的"嗯"的一声。

焕芷熹见状一口气憋在胸口，挑眉也发出一个音节："嗯？"

见到焕芷熹警告的眼神，瞿唐立马改口说："不管怎样，我觉得你都不该太折腾自己了。这几天你都心神不宁的，魔君很担心。"

"我？折腾自己？没有啊。"焕芷熹顿了顿，又眯着双眼打量瞿唐道，"我发现你最近很喜欢狐假虎威啊。"

瞿唐蹙眉，看了看天："我？没有啊。"见瞿唐心虚否认，焕芷熹若有所思地盯着他，也不说话，几秒后露出一丝坏笑。

瞿唐被她盯得心里发毛，有些不悦地说道："少主！你再这样反常下去魔君一定会知道你那天和公主比试了，到时候受苦的可是你自己。"

"嗯，你说得对。"焕芷熹点了点头，瞿唐终于露出欣慰的笑意，可下一秒他就笑不出了。因为焕芷熹说，"反正受苦的也不是我一个人，当裁判的是你，知情不报的还是你。就算焕虞知道了，我也有你陪我一起去惩戒狱。"

"少主……你……"

焕芷熹朝着瞿唐一步一步走近，在二人的脸只离了有三公分的时候，焕芷熹忽然笑了。那笑容天真无害，俨然一个孩童。她盯着瞿唐的双眼道："所以我亲爱的瞿大将军，你还有什么事儿吗？"

面对突如其来的近距离，瞿唐有些手足无措，他红透了耳根，连连向后退了几步，低头慌张道："没了，我先走了。"

瞿唐说罢，飞速离开了。焕芷熹轻轻一笑，脸上尽是恶作剧般的得意。

空旷的竹林里，微风轻轻拂过，竹叶随之发出阵阵沙沙声，焕芷熹忽然感到一阵无限惆怅。她在一株竹子旁坐下，心里犹如被大石压住了般，总感觉喘不上气。

涣芷熹轻轻闭上了眼，脑海里浮现的是这些年与涣虞经历过的点点滴滴，她偶尔面露微笑，偶尔又神色凝重。就在这时，她忽然感觉自己鼻尖上似乎有什么异物。

她不安地睁开眼，果不其然见到一只七色布谷鸟正用鸟喙戳着自己的鼻尖。

涣芷熹猛地后退，靠倒在竹子上。她摸了摸自己的鼻子，蹙眉斥道："你干吗戳我？"

"不戳你你怎么会睁开眼呢？谁知道你要睡多久啊！"布谷鸟没有张开嘴巴，可它腹部却上下跳动着，发出一阵尖细的说话声。

涣芷熹顿觉有趣，伸手戳了戳布谷鸟的肚子道："你还说话啊！"

"没见识的丫头！我可是仙灵鸟，说话算什么！"

"仙灵鸟？那你是……"

"灵界的！"

涣芷熹双眼一亮，又而一暗，她狐疑地盯着正扑腾着翅膀停留在自己眼前的布谷鸟，道："不对，灵界的鸟我见过，都是黑色的，像乌鸦！"

"谁说一个地方只能有一种鸟啊！你见过的肯定是要抓人警鸣时的讨厌鬼！"

"你们还分事情的管辖啊？"

"和你们这些魔人说话真是费脑子！"布谷鸟嫌弃地啄了一下涣芷熹的鼻尖，就在涣芷熹正想发火的时候，却又听它一本正经道，"死亡旋涡在东海中心，你到了东海的地界之后会见到一块沧海石。你如果想要去死亡旋涡，需要把自己的血液滴在这沧海石上，若有缘，你便能看见整个东海为你开路。若无缘，你就是死在这石头上面也不会找到这死亡旋涡。"

"缘分？可是如果我没缘分呢？"

"那就没办法啦……那你是不可能找到死亡旋涡的。"布谷鸟忽然飞到涣芷熹的肩上抱怨道："一直飞，累死了，也不请我坐坐。"

涣芷熹没有心情理会布谷鸟，她喃喃道："可是如此的话，若无缘我便只能原路返回，就算现在直接出发时间也不够。若来不及在百年之日赶回魔宫，我们被樗里夷他们抓住岂不是必死无疑？"

"对，必死无疑。"布谷鸟在涣芷熹耳边事不关己的轻松说着。

"待在魔宫或许还有一线生机，可只要出去了，没有涣虞曾布下的结界守护，那我们连一丝后路都没有了。可是我若不去试试，涣虞因为太过痛苦而走火入魔怎么办？"

"对，会走火入魔。"

涣芷熹长长地叹了口气，心里焦灼着不知该如何拿主意。这时，布谷鸟从她的肩头飞下，停留在她眼前说："所以你把你的血液给我，我去帮你试试，如果行得通，我就直接给公主发信号，公主会来找你，到时你安心过去就行了。在东海待上个十天半个月再出来，没人找得到你们。"

涣芷熹的双眸闪现着惊喜的光，她一把将布谷鸟抓在手心："真的？"

"你放开放开！我都呼吸不了啦！"布谷鸟疯狂地扭动着身子，表达自己此刻对涣芷熹的不满。

涣芷熹连忙松手，布谷鸟趁机噌一下飞向半空不满道："我就说我不愿意来你们这鬼地方！公主还非得让我来！尽是魔气不说，个个还这么蠢！"

布谷鸟的怨怪涣芷熹丝毫没有放在心上，她从地上站起身，对着在自己头顶盘旋的布谷鸟道："那你怎么带上我的血液去东海啊？"她话音刚落，便见从布谷鸟毛茸茸的羽毛中掉落一个透明的玻璃球。

那玻璃球呈水滴状，尖细的那一端系着一根细细的绳子，绑在布谷鸟的腿上，涣芷熹微愣："这个？"

"把你的血滴进去啊笨蛋！"布谷鸟气急地斥道，涣芷熹却恍然大悟的呵呵一笑。

大概是见到了希望吧，此刻的涣芷熹只觉得眼前这个叽叽喳喳的小东西十分可爱，丝毫不觉得它说话的语气有任何不敬或轻视。

涣芷熹拿过水滴，以手为刃，在无名指间划开一条小口，血液被水滴吸收，没几秒便见那水滴就成了赤红色的血珠球。而后布谷鸟朝血珠球挥了挥翅膀，那血珠球便立马消失不见。

完成这一切后，布谷鸟又道："那你就在这里等消息吧，我走啦！"

话音刚落，布谷鸟扑腾着翅膀就朝远处飞去，不一会儿就不见了身影。涣芷熹长呼一口气，心中的大石也终于在这一刻轻了些。

02

布谷鸟离开后涣芷熹便重新回到了修冥殿。

此时涣虞刚午休醒来正和瞿唐说事。见涣芷熹偷偷溜进屋内他也没有戳穿，只是淡淡地笑着。待涣芷熹假装睡眼惺忪的从侧室再走出来的时候他才轻唤："芷熹，过来。"

涣芷熹猛地一怔，随后假意慵懒道："怎么了？"

将一切都目睹在眼中的瞿唐嘴角轻轻抽搐了一下，而后便见涣芷熹慢吞吞地来到了涣虞的跟前。

"我们去人间云游一番可好？"涣虞忽然说道。

涣芷熹瞳孔一震，瞬间将刚刚假装的睡意丢失不见，她惊道："真的？"

涣虞轻轻点头，却见原本一脸惊喜的涣芷熹忽然又暗下了脸色。

涣虞道："怎么？你不想去？"

"不，不是。"涣芷熹吞吞吐吐，又问，"为何突然想起来要去人间？"

"带你散心。"

"就这么简单？"涣芷熹仍旧有些不敢相信，涣虞却温柔地点了点头。

其实涣芷熹迟疑的原因是因为还未等到布谷鸟的回信。刚刚才让布谷鸟带着自己血液去了东海，若真的与那沧海石无缘，那二人岂不是无路可退？

"我们去多久？"涣芷熹问道。

"你想去多久，我便陪你多久。"

涣芷熹眉头轻蹙，挠头想了想，而后点头说："那我们先去乌林城待一阵？"

"好。"

涣芷熹说的乌林城是魔宫山下不远的一座小城，涣芷熹说要去那里不过也是为了日后得到最坏消息的时候，还有魔宫这条退路。

可是涣虞忽然说要带她去人间的原因，她却不得而知了。

"那我们什么时候出发？"

"现在。"涣虞轻声道。

从魔宫一路往东北方向飞去，不过半个时辰便到了涣芷熹口中的乌林城。

午后的日头顶在天空上，晒得地面吱吱作响。涣芷熹和涣虞并肩而飞，只感受到呼啸而过的凉风。

此时的乌林城里一片祥和。

小贩们将各自的摊铺整齐有序地摆在道路两旁，来来往往的人们或笑或严肃，悠悠穿过街道。灰色的石板路上偶有孩童们嬉笑打闹跑过，商家和酒家的店门外面，三角的招牌旗帜正迎风飘扬。

涣芷熹刚一进城就兴奋的这里看看，那里看看，完全忽略掉了身后一直跟着她的涣虞。

她与涣虞都一袭白衣，白色纱袍的衣角轻轻被风吹起，站在人群中，与世无争的气质尤为显眼。

"涣虞！你快来看，这个好有趣啊！"涣芷熹拿着一个青龙模样的糖人，雀跃地朝身后的涣虞招手，涣虞嘴角微微上扬，加大了步伐朝涣芷熹走去。

"你喜欢？"涣虞问。

涣芷熹连连点头，看着糖人的眼神几乎都要陷进去了，涣虞温柔地从袖中拿出银袋给了老板银子，下一秒便见涣芷熹喜滋滋地朝那糖人舔了起来。

"你要吗？"涣芷熹将糖人递给涣虞，说道。

涣虞轻笑，摇了摇头。

涣芷熹一路走着，觉得哪儿都新鲜，可是在魔宫之中来人间次数最多的明明也是她。

"好香啊！"涣芷熹行到一处街角的时候忽然嗅了嗅鼻子道。

她朝涣虞看去，涣虞伸手指了个方向，林中酒家的招牌赫然出现在两人眼前。

涣虞走到她身边："我们今日就在这里落脚可好？"

"好啊！"涣芷熹点头，说完迫不及待往酒家跑去，涣虞看着她的背影温柔地笑了。

"快走快走，老不死的，天天过来当我这里是慈善坊啊！"刚一进门，涣芷熹便见到两个身着灰色布衣的小二狠狠将一位样貌潦倒的老妇人推倒在地，恶狠狠地说。

涣芷熹顿时火冒三丈，大步就走动了老妇人身边，将她从地上扶起："你们这是做什么！欺负弱小啊！"

小二们面面相觑，互相看了一眼对方，而后换上了一副讨好般的脸。其中稍微年轻的一个小二道："客官，您不知道，这王老太每天都来我们店里乞讨，弄得我们都没法儿做生意了。"不等涣芷熹回话，他又接道，"客官，您是外来客吧？您是要吃饭还是住店呢？"

"就你们这种欺负弱小的店，我哪里敢住？"

"客官，您这是说笑了，我们哪里是欺负弱小，只不过是在清理门店的拦门鬼罢了。"

"你说谁是拦门鬼？我看你才像拦门鬼！"涣芷熹怒道。

至此，另一个年纪稍长的小二显然已经没了耐心，他斥道："你这丫头哪里来的！要吃饭住店就进去，怎么这么喜欢多管闲事！"

"这闲事我还管定了！"涣芷熹故意赌气道。

看热闹的群众已经越来越多，涣虞也已走到了人群边上，他静静地看着，丝毫没有想要插手的模样。

然而一番争执后，年长的小二已然失了耐性，他皱眉道："我看你是找打！"说罢，他伸手就要朝涣芷熹推去。

涣虞见状总算有所变化，他眉头轻蹙，手心暗暗聚拢魔气。但就在这时，人群中忽然闯入一个身影，并一把将小二伸出的手狠狠钳住。

"若刚刚兄台只是为了赶走惊扰自己生意的闲人的话，那现在对一个弱女子出手莫非就不是欺负弱小了？"说话的这人一身深蓝色的锦袍，他双眼如弯月一般的笑着，口中的语气却让人不寒而栗。

"你又是……"

"我是谁不重要，重要的是你刚刚推到了一个老人家，现在又要对一个弱女子出手，朗朗乾坤之下，莫非还有这等道理？"

被男子捏住手腕的小二，脸色已经微变，年轻些的小二见状连忙上前说："客官息怒，是我们的错，我们道歉。"

话落，男子狠狠将手放下，而终于被放开的小二则龇牙咧嘴地捂着手腕，气闷不已。

"姑娘，是我们太粗鲁了，真是抱歉。"前来劝解的小二赔笑道。

涣芷熹对着他翻了个白眼："不是对我道歉，而是对婆婆道歉，刚刚可是你们推了她。"

"是是是，姑娘说得有理。"年轻的小二说着又暗暗拉了下旁边还在捂手忍痛的同伴，推着他一同弯腰说，"王老太，我们向您道歉，是我们鲁莽了。"

卷起风波的老太太不知所措，涣芷熹见此安慰似的轻轻拍了拍她的肩，然后又对着那两个小二趾高气扬说："以后婆婆来这里吃饭，你们就给，所有的银两我来出。"

"那敢情好。姑娘里边儿请？"

涣芷熹冷哼了一声，而后低头对着佝偻的王老太说："婆婆，我们进去吃东西吧？"

王老太感激涕零的就要给涣芷熹跪下，涣芷熹满脸通红，连忙一把托住了她，说："婆婆不用这样，您快起来。"

话音刚落，便见刚刚替涣芷熹出头的那男子从袖中掏出了钱袋，递给小二说："这些够婆婆吃一阵子了吧？"

"够了够了！"小二接过钱袋连连点头，而后对着王老太做出了请的姿势，"王老太，里边儿请吧。"

王老太略有怵意，她往涣芷熹身后躲了躲，却见涣芷熹握住了她的手，轻声说："别怕，他们不敢拿你怎么样了，去吃点儿东西吧。"

听过涣芷熹的话，王老太才又怯怯地走了出来，她跟在小二身后，往大堂里侧走去。

此时，人群散去，涣芷熹与刚刚出手相救的男子目光交错，似有气流。

03

"芷熹。"涣虞上前，拦在对视的两人中间，眉眼温柔地喊道。

涣芷熹立马换上一副天真无邪的笑容："涣虞，你刚刚去哪儿了？"

心

猿

意

马

"给你买这个。"涣虞说着，伸手将手中的白玉簪递给涣芷熹看。

涣芷熹开心的接过，仔细查看道："好漂亮啊……"

"我帮你带上。"

"好。"涣芷熹将玉簪重新递回涣虞手中，涣虞轻轻将玉簪插进涣芷熹的墨发里，浅笑无言。

玉簪戴好，涣芷熹看见男子依旧站在原地，便急忙将涣虞拉到男子面前说："刚刚有人欺负一个老婆婆，我出手救了她，然后那个人又要欺负我，是这位公子救了我。"

涣虞面无表情地看着那男子，说："多谢公子。"

那男子爽快地笑了笑，点头道："举手之劳。"顿了几秒他又说，"现下大堂座位已满，二人若不嫌弃，可以去我那桌小坐。"

"好啊好啊。"涣芷熹说着就要跟男子前去，涣虞默默跟在身后，犹如清风。

加了几个菜，和一壶酒，三人同坐在一张木桌，涣虞一直冷冷淡淡的，可涣芷熹却和那男子越聊越开心。

"对了，还没请问二人尊姓大名呢。"男子说道。

"我叫涣芷熹，他叫涣虞。"涣芷熹抢答道。

男子弯笑着双眼，说："我叫舟乾。"

他话音一落，涣虞眼色微微变了变，不过只在瞬间，无人察觉。

"你们可是一对夫妻？"舟乾问道。

"不……"

"是。"涣芷熹否认的话还在喉间未能完全说出，便见涣虞端起酒杯轻抿了一口，抢过她的话说道。

涣芷熹顿时红了脸颊，但也没有继续否认，她也端起面前的酒杯猛地灌下，但因喝得太急，呛得咳嗽了几声。

涣虞淡淡望去，伸手抚了抚她的背，说："慢点儿。"

见状，舟乾只是笑了笑，拱手道："公子好福气。"

"谢谢。"涣虞淡淡道，将涣芷熹红透了的脸视若无睹。

"看你们不像是这城中之人，不知道二位来此是做什么的？"舟乾也端起酒杯说道。

"芷熹贪玩，我陪她四处走走。"

"哦……"舟乾若有所思道。

此时，涣芷熹已经恢复了正常，她也问道："舟公子也不像是城中人，你来这里做什么？"

"孤家寡人，四处漂流，走到哪里是哪里。"

"那你去过许多地方吗？"舟乾闻言点头，涣芷熹立马双眼放光道，"那你给我说说，你都去哪儿了？"

"芷熹，菜要凉了。"涣虞忽然打断二人的对话。

"哦……"涣芷熹瘪了瘪嘴，拿起了筷子。

三人都一阵无言。

简单吃过饭后，涣虞又开了一间房，三人一同上楼，却见舟乾的房间就在二人隔壁。

进了房间之后，涣芷熹神色异常，她支支吾吾道："涣虞，为什么就只要一间房啊？"

"最近正派准备攻打魔宫，这里有灵界安插的眼线。"涣虞坐在圆桌前淡淡道。

涣芷熹想了想，觉得有理，她晕红着脸坐到涣虞身边的座位上，然后趴在了桌上，晕乎乎地盯着涣虞说："其实你不用保护我，我也可以保护自己了。"

"你在我眼前，总归会好些。"

涣虞的话音未落，涣芷熹眨了眨眼睛，眼皮彻底耷拉了下来。

不过一杯酒，就晕成这样子。

见状，涣虞抿嘴笑了笑，看向涣芷熹的眉眼愈发温柔了起来。

涣芷熹醒来的时候天色已经暗了，而她也不知自己何时睡在了床上。

她睁眼环视了一周房间，却见屋内空无一人。

涣虞呢？

涣芷熹想着，没有穿鞋子就走下了床。她打开房门，却只听楼下一阵热闹，而走廊内却依旧空无一人。

她轻揉着双眼就要往楼下走去，可刚刚到达隔壁门口，便见房门一开，舟乾走了出来。

"芷熹姑娘？"舟乾微微笑着问，"你可是也要去看花灯会？"

"花灯会？"涣芷熹迷茫道，而后又一阵惊喜，"有花灯会？"

舟乾点头，涣芷熹继续道："难怪我听大堂这么热闹呢。"

"那不是大堂传来的声音，是街上。"

"哦……"涣芷熹好奇地侧了侧头，竖耳聆听，片刻后她说，"那你现在是要去看花灯会吗？"

"是啊。你要与我一起吗？"

"好啊。"涣芷熹脱口而出，随后又立马面有难色，"可是，涣虞不见了……"

他话说完，便见楼梯口走上一人，见到涣芷熹的那刻，原本面无表情的脸上赫然罩上了一层寒冰。

"怎么又不穿鞋子就跑出来了？"涣虞走近不悦道。

话毕，舟乾低头，这才发现涣芷熹没有穿鞋。涣芷熹低头动了动脚趾，而后又抬起头，孩子般看着涣虞笑了笑。

不等她反应过来，刚刚走近的涣虞便将她一把抱起，径直往屋内走去。

涣芷熹急道："涣虞，有花灯会，我们一起去看吧？"

舟乾看着二人离去的方向，也附和道："是啊，涣公子，既然出来了总该要好好玩玩的。"

涣虞停住脚步，没有回答舟乾的话，反而看向怀中的涣芷熹问："你想去？"

涣芷熹可怜兮兮地点了点头，这时涣虞才说："好。"

因为花灯会的到来，整座乌林城都灯火熠熠。街上卖花灯的人从城中主街一直延续到了护城河边。各种吆喝齐聚于耳，穿梭其中的每个人的脸上，都洋溢着满满的笑容。

涣芷熹买了一个鱼形的花灯，拿在手上蹦蹦跳跳地走着，好不快活。她应接不暇地穿梭在人群中，时不时回头招呼跟在身后的二人快些走。

涣虞看着涣芷熹的目光，一刻也未曾离开，而与他并肩而走的舟乾虽一直面露笑意，但也一直若有所思。

第五章

·心

猿

·意

马

·

123

"敢问，涣公子和芷熹姑娘缔结良缘有多久了？"舟乾忽然开口问道。

"很久。"涣虞淡淡地说。

舟乾也不尴尬，继续自顾自地道："芷熹姑娘面露童真，看上去真是不像已为人妇的样子。"

"嗯。"

"涣公子打算在这乌林城中待多久？"

"看芷熹喜欢。"

"原来如此，那公子和芷熹姑娘可是也没有下一步的目的地？"

舟乾说罢便见涣虞顿住了脚步，他将视线从涣芷熹的身上收回，一字一句地说道："既然舟公子已经知道我和芷熹的关系了，那便应该叫她涣夫人，而不是芷熹姑娘。还有，我和芷熹下一步去哪里，好像还没有要向公子汇报的必要。"

话落，舟乾不怒反笑，他哈哈笑了几声才悠悠道："是在下冒昧了，以后自然会喊对芷……涣夫人的名号。"顿了顿，舟乾继续道，"天下之大，舟某也是看与二位投缘才多问了些，还请涣公子见谅。"

"不必。"涣虞冷冷丢下两个字，继续朝前看去。只需一眼，他便又将人群中涣芷熹的身影锁定。

舟乾看着涣虞离开的背影，意味深长地勾了勾嘴角，而后提步跟上。

护城河边，已满是提灯约会的人们。

河水被幽幽月光照耀着，泛起层层波澜。涣芷熹跑到河边，看着河面上渐渐远去的水灯，惊喜喊道："涣虞，我们也来放一个吧？"

不远处的涣虞听到喊话，嘴角上扬着，朝她轻轻点头。

二人在提篮卖灯的青年男子那里买了一盏水灯，而后朝河边慢慢走去。

涣芷熹蹲在河边，看着水灯愣了许久，见她没有动作，涣虞问道："怎么了？"

涣芷熹微微一愣，随后再次展开笑颜，说："没什么。"

说罢，涣芷熹便将手中的放进了河面，此时涣虞却道："没有许下心愿，或者寄托思念吗？"

涣芷熹站起身，面色中微微掩藏着失落，她摇头，看着水灯远去的方向说："我只有你一个亲人，我只要你安好就好，我没有其他的人可以寄托思念。"

涣虞听完，双眼微微闪烁。

片刻后，他道："就当给你父亲和母亲点亮的天灯吧。"

"可是，今天又不是他们的祭日。"涣芷熹说着低下了头，根本就没有发现此时涣虞眼中的闪躲，"而且……我根本就不知道他们是在哪天走的。"

"今天。"涣虞脱口而出，见涣芷熹惊讶地看着自己他又立马补充道，"就当是今日吧。"

话落，涣芷熹眼中难掩失落，但下一秒她又笑容满面道："也好，择日不如撞日。"

涣虞轻轻扯了一下嘴角，轻声道："这句话，不能这么用。"

04

涣虞和涣芷熹准备从护城河边离开的时候，正好看见舟乾也蹲在不远处。此时，他就像一个绝缘体一般蹲在河边，周围的人都恰巧离他有三米之远。

见状，涣芷熹准备喊他一同回去，可就在这时候她却发现他好像正看着水中，嘴里说着什么。涣芷熹以为他在许愿，便准备等他放完水灯再喊，可这时她又赫然发现，他的面前没有一盏水灯。

涣芷熹微微一怔，而后面色略显奇怪地喊道："舟公子？"

舟乾听到喊话，身体明显一顿，下一秒他又恢复如常，起身看向涣芷熹，回道："怎么了？"

"我们准备回去了，你呢？"

"我也回去。"舟乾说着就朝涣芷熹走来。

涣虞静静地看着眼前的一切，不动声色，在几人共同往回走的时候，他才悠悠回头，看了一眼静的奇怪水面。

回到酒家之后，涣芷熹待在房间内泡澡，而涣虞则出去坐在大堂独自饮酒。

"涣公子好雅兴，竟让涣夫人一人待在房里，自己却跑出来喝酒？"

舟乾说着就在涣虞身边坐下，而涣虞连眼皮都未曾抬过一下。见状舟乾也不尴尬，反而拿起桌上的酒杯和酒壶替自己满上了一杯。

"啊……好酒。"舟乾感叹道。

涣虞面无表情，好像根本就没有理会的打算。此时，舟乾又说："大家都是出来玩的，涣公子何必对人有这么大的戒心？"

"论戒心，我还是比不上你……东海龙王。"

话一出，本就只有寥寥几人的大堂忽然变得愈发肃穆起来。

其他桌上的客人还在谈笑欢声着，可舟乾和涣虞却只觉听见对方的心跳。

舟乾笑容僵硬，片刻后才恢复如常。他轻轻一笑，端起酒杯抿了口才悠悠道："我还以为只有我一个人能感受到，原来蛟龙珠和青龙珠是相互感应的。"

涣虞没有说话，舟乾却大方一笑："也罢，既然你我二人都清楚对方的身份了，我也不必再遮遮掩掩了。我只问你一个问题……"

涣虞依旧沉默，舟乾说："芷熹姑娘，是否就是当年的遗孤？"

舟乾话音落下，涣虞放在桌下的手便握拳一紧，可他面上却依旧云淡风轻道："什么遗孤？"

"大家都是聪明人，何必再装傻？"

涣虞嘴角莫名勾起一抹笑，而后他抬眼看向坐在对面的舟乾："就算我装傻了，你又有何证据来证明你的推测是对的？况且你口中的往事已过去了千年，若是当年的遗孤，芷熹为何今年才十七岁？"

舟乾蓦地冷笑了一声："这就要问你自己了。"

"对不起，我自己也不知道，如果龙王得知结果后，还请你告诉我。"

涣虞说着又低头喝了一口酒。而舟乾也不再纠缠，转身就朝二楼走去。

涣虞躺在屋内的矮榻上，闭眼浅眠。涣芷熹睡在床上，呼吸平缓。就在这个静悄悄的深夜里，只见涣虞忽然睁眼，他屏息聆听隔壁窸窸窣窣的异响，只见窗外从隔壁透来一阵光，转瞬又消失不见。

次日，涣芷熹和涣虞坐在大堂内吃着早餐，涣芷熹忽然开口问道："咦？舟公子呢？怎么不见他下来吃早餐？"

忘情

WANG·QING

此时正好有一小二端着热腾腾的包子走近，听到问话立马答道："您是说住在你们隔壁的那位公子吧？"

涣芷熹点头，小二继续说："今天我上去打扫的时候屋子已经空了，应该是昨夜离开的。"

"啊？"涣芷熹有些失望地惊道，"他还说今天要带我去城郊听戏的呢！"

小二轻轻一笑，说："姑娘可是说的那城郊梦游阁？"

"听他说的那个戏台，好像是这个名字。"

小二又是有些鄙视地笑道："那可不是什么戏台，而是个专门供有身份的人放松用的。如果在江湖上没个名号，不管你是哪家的达官显贵，她们都不会开门。"

小二的话勾起可涣芷熹的兴趣，她蠢蠢欲动道："这么神秘？"

"那是自然。"小二说着有些自豪，"如果不是梦游阁的名声在外，我们这偏僻小城哪里会有这么热闹。"

涣芷熹若有所思地点了点头，小二看了一眼一直默不作声的涣虞："那二位慢用，有事再叫我。"

小二离开后涣芷熹立马拉着涣虞的手臂道："涣虞，我们也去看看吧，好不好？"

"你想去？"

"嗯。"涣芷熹迫切地点了点头。

涣虞放下手中的茶杯，轻声应道："嗯。"

吃完早餐之后，涣芷熹还窝在屋内睡了会儿回笼觉，待她再次醒来时，却见已是艳阳高照。

她猛地就从床上弹跳坐起，然后开始寻找涣虞，可此时屋内除了她，便再无一人。

涣虞从屋外开门进来的时候，正好碰上涣芷熹准备开门。见她又没穿鞋子就跑下了床，眉头不由得一皱。

"去穿鞋子。"涣虞不悦道。

涣芷熹没有立刻离开，而是眼巴巴地看着涣虞问："我们什么时候去梦游阁？"

"我喊了马车，现在在门口等着，去穿鞋子。"

话落，涣芷熹一溜烟儿跑到床边，立即乖乖穿好鞋。

梦游阁在离城门不远的野外，偌大的林边空地处，一栋占地略广的宅子赫然立在那里，有些与世隔绝的味道。

马车没有跑多久，便到了宅子门口。威武的鎏金门外，一块黑色门匾上，苍劲有力地写着"梦游阁"三个大字。染紧闭宅门口却没有一个护卫，一眼望去，还以为这是座空宅。

涣芷熹下了马车，只觉得这扇门有些熟悉，可她却怎么也想不起来自己是在哪里见过。正当她苦苦思索时，二人已来到门前。

"涣虞，这里只接纳有江湖名号的人，可你不是说我们不能在人间暴露身份吗？"

"不会暴露。"

"那我们用什么身份进去啊？"

涣芷熹还在担忧询问，却见那大门缓缓而开。

低沉的开门声还在继续着，便见一女子带着一群年轻女子出现在门口。

那带头女子一袭青色衣裙，墨发被扎成朝云近香髻，墨色玉簪点缀其中，配上她清秀而精致的五官，颇有一番仙女的悠然姿态。

就在涣芷熹应接不暇地打量着各个女子的样貌时，却见那些人都齐齐低头，行了魔宫礼数，道："恭迎魔君。"

05

听到众人的喊声，涣芷熹愣在原地，心里如百爪千挠。

她心道：这莫非是涣虞的后宫？亏自己这么多年来一直以为涣虞清心寡欲，不似一般的魔君。看来还是她太天真了啊。

涣芷熹的心理活动将她面色扰的颇有色彩，涣虞侧目一望，眉眼似有笑意。

带头的那女子看了一眼涣芷熹，便道："少主一路辛苦了，想吃什么东西尽管吩咐，我自会派人去做。"

涣芷熹瞥了她一眼，与她擦身而过，冷淡道："不用。"

带头女子微微一怔，明显一副不知道自己到底做错了什么事的模样，此刻涣虞道："派人好生照顾少主，再安排一出戏给她听。"

"是。"

涣虞没有跟在涣芷熹旁边，与之消失的还有刚刚那位带头的女子。涣芷熹坐在房间内食之无味地往嘴里塞着点心，气闷不已。周围人都察觉到了她焦灼的情绪，却无一人面露惊慌。

"涣虞到底干吗去了？"薄纱之外的隔间里，正有两名女子一弹一唱。

但优柔温和的琵琶声和婉转动听的歌声都没有安抚住涣芷熹，她将手中的点心往那桌上一扔，气呼呼道。

"魔君正和之幻姑姑谈事情。"站在涣芷熹身边的一侍茶姑娘面不改色地回答。

"之幻？就是刚刚那个穿青色衣裙的那个？"

"是的。"

涣芷熹拿起茶杯，轻啜了几口，而后故作神秘地说："我问你，你什么时候进的这里？"

"五年前过来的。"

"那你知不知道涣虞多久来一次？一次在这里待多久？待在这里都干了些什么？"

涣芷熹不停地提问，让一直面不改色的侍女稍稍皱了皱眉，她想了几秒说："魔君一般不会过来，有时候来也只是单独和之幻姑姑见面。最多几个时辰就会离开。"

"几个时辰？"涣芷熹蹙眉思索着，而后又道，"梦游阁已经成立多久了？为什么我不知道？"

"这个属下也不清楚，属下只知之幻姑姑是这里的第五代掌事人。"

"哦……"涣芷熹点了点头，像是已经听懂了什么，可下一秒她又焦躁地喊道，"别唱了别唱了！心里烦……"

歌声与琵琶声戛然而止，忽然安静下来的空间里只听见涣芷熹烦躁的叹气声。

"为何不听了？"涣虞忽然推门而进，可涣芷熹却只是淡淡瞥了他一

第五章 · 心猿 · 意马 ·

131

眼，并未答话。

之幻跟随进来，只不过给了一个眼神，便见唱戏的两女子和其他围着涣芷熹侍女低头退下。

涣芷熹气呼呼地靠在矮桌上，丝毫没有想要理会涣虞的意思。

见状，涣虞不自觉扬了扬嘴角，他走到涣芷熹的身边坐下："谁惹你生气了？"

"你！"

"我？"涣虞有些好笑，"我怎么了？"

"你有这么大一个后宫为什么我从来都不知道？"

"后宫？"涣虞眉头轻蹙，而后又舒展开来，"这是魔宫的情报阁，专门负责收集各方资讯的。"

涣芷熹两眼一亮，她顿了顿，坐直了身子说："收情报的？不是后宫？"

涣虞微微一笑，伸手摸了摸涣芷熹的头："你脑子里都想些什么呢？"

话还未落，便见一旁的之幻神色微变，可刹那却又毫无异样。

"这样啊……"涣芷熹满意地点了点头，又急忙对着之幻说道，"姐姐，把刚刚唱曲儿的两个小姑娘再叫来吧，她们唱的挺好听的。"

"是。"

之幻说罢告退。在转身的那一瞬间，她看见涣虞看向涣芷熹的眼神里满是宠溺。

梦游阁是在魔宫重建后不久就建立起来的，表面上不接纳皇权富贵，是因为那些人手中没有涣虞想要的信息。而那些在江湖上有些名号的人，身上都会藏着一些有价值的东西。将这些整理好并告诉涣虞，而后根据实事需要放出一些别有用心的消息，便是梦游阁存在的主要目的。

有人说，既然梦游阁是魔宫麾下的，而且又是这么重要的部分，理所应当应该低调些。可是涣虞却不这么认为，他以为梦游阁的名声越大，就越无人敢猜忌，来这里的人也定是他想要他们来的人。

傍晚时分，涣芷熹和涣虞一同用了晚膳后就各自回房了。涣芷熹玩了一整天，头才刚沾到枕头就立马沉睡了过去，丝毫没有在酒家时的半梦半醒。

就在涣芷熹做梦梦见自己掉进了一片蒲公英花丛中，不停打喷嚏的时候，没想到自己就真的被喷嚏惊醒了。

她茫然睁眼，却见闪着七彩光芒的布谷鸟，正站在自己的嘴唇上，用翅膀不停戳着她的鼻孔。

她立马从床上坐起，怨怪道："你干吗呀！吓到我了。"

"谁叫你睡的跟猪一样，啄都啄不醒！"布谷鸟尖细着声音，也不悦地埋怨。

清醒了些的涣芷熹这才想起正事来，她连忙轻声问道："你怎么这么快就来了？怎么样了？"

"我本来就是日行千里的，上次回来那么慢不过是为了找破解死亡旋涡的方法去了。"

"那你这次去的结果怎么样？"

话一出，便见布谷鸟扑腾着翅膀兴奋道："我刚把血滴珠在沧海石上砸碎，便见乌云翻滚，雷声四起，天旋地转，而后天空一阵长鸣……我差点没被精卫鸟给啄死！"

"啊？"涣芷熹失望道，"那是无缘了吗？"

"精卫鸟就是守护死亡旋涡的，它都出现了你还说无缘？你们魔人怎么这么蠢啊？"

涣芷熹双眼放光，伸手就要抓住布谷鸟，可布谷鸟反应迅速地飞开了。涣芷熹不以为意惊喜道："那这就说明我可以找到死亡旋涡了是吗？"

"找到是可以找到……"布谷鸟略微停顿了一下，"只是精卫鸟能不能让你进去我就不知道了。"

"它很厉害吗？"

涣芷熹问话一出，便见布谷鸟尖细着冷笑一声："悍妇！它就是个悍妇！"

"对了，你是怎么找到我的？"涣芷熹换了个问题。

布谷鸟扑腾着翅膀朝她脸飞去，并狠狠在她鼻尖啄了一下，道："因为我比你聪明。"

说罢，便见布谷鸟身上的七彩光芒渐渐暗了下去，沦为一片漆黑。

涣芷熹再喊时，就再也得不到一点回音了。

第六章

欲 · 盖 · 弥 · 彰

忘情

WANG·QING

❦

01

布谷鸟离开后涣芷熹便安心睡下了。而酣睡香甜的她并没有察觉，在她屋外走廊一处暗影下，一个窈窕身影静静而立。

见布谷鸟离去，那身影还站在原地呆立了几秒，而后才悠悠转身，消失在了夜色之中。

次日清晨，露珠还未从叶尖滴落，不远处林中的鸟儿也才刚放声鸣叫，涣芷熹迫不及待敲响了涣虞的门。

大门被打开，涣芷熹跑进屋内，见涣虞长发散落，仅穿一袭白色里衣呆呆坐在床边。

涣芷熹急步跑到他的身边道："涣虞，我们走吧？"

涣虞轻闭着双眼，似是还没缓过睡意，他淡淡道："去哪儿？"

涣芷熹微微迟疑着，她见涣虞此时已经睁开了双眼，立马面色红润道："闯荡江湖啊！"

"我们什么时候没有闯荡江湖了？"

"哎呀……"涣芷熹焦急的挠了挠头，而后又道，"我就是不喜欢待在

136

这里了！这里点心送的慢，之幻姑姑还总是派人跟着我！"

"那我把她赶出梦幽阁。"

话一落，便听见门口一阵瓷器破碎的声音。

涣芷熹和涣虞一同往门口望去，却见之幻双手垂立在原地，神色似有慌乱。

见状，涣芷熹连忙解释说："不是，姑姑，我和涣虞闹着玩儿，不是真的要把你赶出去的。"

之幻神色低落，她轻轻地点了点头，然后沉声道："我去喊人来打扫，再重新为魔君和少主做一份早餐。"说罢，之幻转身就离开了。

涣芷熹愧疚地瞪了一眼涣虞："就是你！乱说话！"

涣虞将望向之幻离去的目光收回，转而眉眼温柔地看着涣芷熹，淡淡道："我说的是认真的。"

涣芷熹微愣，顿时就觉得是不是自己刚刚说错了话。正当她有些自责时，却见涣虞低头沉思着什么，她这才察觉涣虞和之幻二人之间，似乎藏着什么小秘密。

想到这里，涣芷熹忽然气道："我回房了！"

"你不是说要离开这里吗？"涣虞的声音懒懒从背后传来，涣芷熹却跺了跺脚，搪塞道，"又不想去了。"

其实涣芷熹哪里是不想去，今天她一睁眼就恨不得立马带着涣虞到达死亡旋涡。可看着发生在眼前的奇妙氛围，她却不知何由，又怎么舍得走？

涣芷熹从涣虞房中出来后并没有回自己的房间，而是径直跑到了膳房。她猫着身子蹲在膳房不远处的常青树底下，悄悄看着之幻，想要以此来发现点什么，可事实证明还是她想得太多了。

之幻神态如常，不露任何情绪，就连她独自一人在膳房做早饭时都面不改色。

等等？之幻亲自做早饭？而且还把膳房所有的人都清理出来了，只留下自己在膳房中忙上忙下？她好歹也是梦游阁的掌事人，怎么会做这种粗活儿？而且连一个帮忙的都没有？

涣芷熹怎么想都觉得不对，就在这时，刚好有一位侍女端着点心盘朝涣芷熹的方向走来。待她一走近，涣芷熹就立马伸手捂住她的嘴，将她拉到了自己身边。

见那侍女只是眉头轻皱，并没有想要大喊的迹象，涣芷熹这才小心翼翼地将捂着她嘴巴的手缓缓松开。而后她问："每次魔君过来，你们姑姑都会为魔君亲自做早饭吗？"

那侍女低眉，并没有想要答话的意思。见状，涣芷熹又故意煞有介事地道："她现在把膳房所有的人都支了出来，我有充分的理由怀疑她是想给魔君下毒。"

话一出，便见侍女面色紧拧，她犹豫了几秒，开口说："姑姑不是那样的人。"

"那她是怎样的人？她将你们都支开了，不是心怀不轨是什么？"

"魔君每次来阁里姑姑都会亲自下厨，不管魔君是多晚过来，或者多早过来。她支开所有的人，并不是为了害魔君，而是她想……"

"想什么？"涣芷熹面色已有不悦，追问道。

"她想做给魔君吃的每一道菜，每一道工序，都是自己亲手所做。"侍女说罢，又瞟了瞟了涣芷熹，"少主，梦游阁上下对魔君忠心耿耿，这种下毒背叛之事，还请少主不要乱说。"

此时的涣芷熹早就没了听侍女说话的心情，她随意摆了摆手说："去吧去吧。"

侍女离开之后，涣芷熹依旧猫着身子，继续看着在膳房忙上忙下的身影，看着看着，她只觉自己心里一阵莫名的五味杂陈。

她气闷地回到房间，趴在圆桌上，就像一摊活了水的泥，任谁都喊不起来的模样。

侍女的话，字字在耳。

涣芷熹觉得之幻对涣虞如此上心，不仅仅只是身为梦游阁掌事人对魔君的衷心。很奇怪，此刻的她心里就像悄悄生了一根刺，想着又疼，不想自己又过不去。

当真是难受的紧。

侍女将早饭送到涣芷熹的房间里来时，不料一直贪吃的涣芷熹竟说全部撤下。更甚的是她连看都没有看一眼，就连连说着下去下去。侍女见状也只好听命，一声不吭地端着早饭就下去了。

侍女离开后没多久涣虞就过来了，跟在他身后的还有刚刚离开的那个侍女，以及另一外一个和她一样端着早饭的侍女。

"怎么了？"涣虞走到涣芷熹的身边坐下，却见涣芷熹立马转过了头，似乎并不想看他。

涣虞轻轻蹙眉："谁惹你了？"

涣芷熹依旧没有说话，涣虞也并不焦急，他冷冷地挥了挥手，让端着早

第六章 · 欲 · 盖 · 弥 · 彰 ·

139

饭的两个侍女走近了些，最后才悠悠道："吃完我们继续朝东走。"

这句话倒是说到涣芷熹心坎里去了。她一直不知道该用什么样的方法可以不动神色让涣虞到达东海，而不被他发现。此刻涣虞既然主动提起，涣芷熹也没有再继续莫名赌气的心情了。

她从椅子上坐起身，看着渐渐被摆满的圆桌，一声不吭。涣虞见状这才真的意识到问题的严重性。

连吃的都不在意了，看来涣芷熹果真是受了什么刺激啊。

涣虞不动声色地想着，默默将侍女屏退。

不相干的人都出去后，室内变得愈发安静，空气也格外死寂了些，涣芷熹发呆似的愣在原地，连涣虞叫了她好几声也没听到。

02

涣虞眉头轻蹙，加大呼唤涣芷熹的声音。涣芷熹一个激灵，被冰冷的喊声吓得猛然一怔，然回过神来才发现涣虞正不悦地看着自己。

她强装镇定地回过神，然后端起面前的瓷碗，舀了一口粥就往嘴边送去。可下一秒，她便被烫得将瓷勺一甩，龇牙咧嘴捂面叫嚷了起来。

涣虞长袖一挥，便见不远处矮榻上的茶水朝他飞来。而后一个指尖轻点，那凉茶便一滴不漏地倒满了茶杯。

他将茶杯递与涣芷熹，不悦道："到底又是谁让你这般苦恼了，竟然吃个饭都这么不专心？"

涣芷熹接过茶杯连忙喝了一口，而后焦急伸手去捂嘴想要尽量减轻自己的疼痛，却不想下一秒捂嘴的手就被涣虞轻轻拉开了。

涣虞小心翼翼地拿开她捂嘴的指尖，然后低头朝她凑近，并用指尖轻触她的唇，以检查确认伤势。

　　这是涣芷熹第一次这般近距离地看涣虞的脸。他的睫毛浓而长，肌肤如凝脂般，五官虽精致，但眼神却十分淡漠。只看长相，眼前人丝毫不像世人口中那个霸道横行的魔君该有的样子。

　　涣芷熹只觉得自己的心脏都要蹦出来了，她都能感觉到嘴唇上涣虞指尖的每一寸移动。她面色赤红，眼神闪烁，一句话都说不出来。

　　"没什么大碍，这两天都不要吃太烫的东西就可以了。"片刻后，涣虞放移开轻抚涣芷熹唇的手，松了一口气道。

　　涣芷熹紧闭的呼吸终于在这一刻重新得到了释放。

　　见状，涣虞又气又好笑，却没有就此放过涣芷熹的打算。他与涣芷熹重新拉出正常的距离，转而换上那副冰冷的模样，道："说吧，今日一早你就心不在焉的，可是有何事？"

　　涣芷熹低着头，面上的燥热还未散去，她支支吾吾道："没……没有……"

　　"不想说？"涣虞挑眉，看了一眼涣芷熹，又道："不想说也可以，那我们吃完这顿饭就回去吧。"

　　见涣芷熹没有反应，涣虞又强调了一遍："回魔宫。"

　　这次，他话音刚落便见刚刚还在心神不宁的涣芷熹立马来了精神，她猛然抬起头说："不要！"

　　涣虞淡淡睨了她一眼，而后拿起面前的粥勺，从碗中舀起半勺粥，细细吹了吹才道："那你告诉我你为何这般反常？"他话说完，便将刚刚吹凉的

忘情
WANG·QING

半勺粥递到了涣芷熹面前。

涣芷熹见状迟疑了几秒，随后一口喝下，涣虞的神色这才缓和了些。

"之幻姑姑……"涣芷熹说着，将头埋得更低了，她飞快地瞟了一眼涣虞，"之幻姑姑每次都会亲手为你做饭吗？"

涣虞微愣，然后将刚刚吹凉的第二勺粥递到了涣芷熹的嘴边，淡淡说："我不清楚。"

"那你们……"

"芷熹。"涣虞忽然停下喂粥的动作，打断涣芷熹，"之幻是我的属下，今天是，以后也会是。她对我怎样，我管不着，但是我唯一能为她做的，就是不怀疑她的忠心。仅此而已。"

这算……解释吗？

涣芷熹刚刚还在莫名闹着别扭的小情绪，因为涣虞几句简单的话立马消失不见了。

她偷偷看了一眼涣虞，却见他此刻正温柔而又坚定地看着自己。目光交错，她立马又低下了头。

"我就是……以为你和别人有小秘密了，所以……"涣芷熹解释道，好像是想要挽回一些刚刚失态的样子，但也更像是在说服自己。

涣虞嘴角微微上扬，他将面前的养生粥耐心吹凉，而后将一整碗都放在了涣芷熹面前："吃完这顿我们就离开？"

"好。"涣芷熹没有丝毫犹疑。

"姑姑，怎么不进去啊？"就在屋内二人刚刚解开各自的困惑后，便听到门外忽然传来一声说话声。

涣虞不悦蹙眉："进来。"

他话音落下，没几秒后涣芷熹就见到之幻端着盛有小点心的托盘缓缓而进。

之幻眼眶似是微红，她看都没有看涣虞一眼便道："属下来给少主送点心，无意……"

"无碍。"涣虞淡淡道，可那语气却不像没事，他说，"不管你是否听到我们刚刚的谈话，都没关系，因为我说的都是真心话。"

涣虞淡漠的样子，似乎丝毫没有想要给之幻留一条后路，之幻喉咙哽咽，终究也只是艰难应道："嗯。"

涣芷熹到有些不知所措，她从座位上起身道："我出去转转。"

"吃了再去。"涣虞喊住涣芷熹，用命令似的语气说道。

涣芷熹面色为难，她看了看还站在原地的之幻，又看了看仿佛没事般还在悠闲吃早餐的涣虞，心中一顿百爪挠心。

就在她不知该何去何从时，之幻开口了。

"少主，不知可否让我和魔君单独说两句话？"

之幻的请求让涣芷熹心中很不是滋味，但终究还是点了点头。她与之幻擦肩而过，离开了屋子。可就在她刚刚踏出门槛的那一秒，她只觉得自己胸口一阵撕裂般的疼。

这是为何？莫非自己中了烈吞太爷曾和她说的传说中的相思之毒了？可这里是梦游阁，会有谁这么大胆子敢给她下毒？

涣芷熹想着，难受地用手拍了拍胸口，而后又做了好几次深呼吸。随后，她一人踱步到花园内，开始猜测此刻之幻会对涣虞说的话。

忘情
WANG·QING

秋意渐来，清晨的凉爽虽已褪去，但偶尔还是会吹来一阵凉风。烈日依旧高高悬挂在头顶，只是不再像夏日那般生猛的可怕。

涣芷熹不知自己在花园中待了多久，她只记得当之幻找到自己时，自己差点睡着。

其实之幻和涣虞挺像的，这是涣芷熹和之幻接触时的第一印象。

她就像是另一个他，永远都是那般淡漠，对身边发生的事似乎也无所谓，好像这世间的一切都与她无关——至少在刚刚之前，涣芷熹一直都是这么想的。

"少主，我现在不想以属下的身份和你对话，而是想以之幻身份站在你面前。"

涣芷熹看着眼圈微红的之幻，不知为何心里蓦地一阵心疼。情不自禁点了点头，继续等待她下一句话。

如果可以，不久之后的涣芷熹若是能回到现在，她必定为使出全身气力，来阻止自己听到之幻的这段话。

可是，这都是后话了。

可是，没有如果。

她听到了之幻说："我想知道，你和魔君是什么关系？"

"叔侄啊……"涣芷熹回答这话的时候，心里竟泛起一阵心虚。

之幻冷笑了一声，继续道："真的只是叔侄而已吗？"

之幻的反问让涣芷熹忽然陷入了慌乱，她愣在原地，有些手足无措。

而后她听到之幻说："其实我一点都不羡慕你，真的。虽然魔君对你这般好，但是，我真的一点都不羡慕。至少在喜欢他的这点上，我从来没有什么遮遮掩掩的，虽然他并不爱我，但幸好，他也不能阻止我去爱他。"

"可是你，涣芷熹。就算你拥有了他全部的好，也是没有用的。你不能承认你自己心底最真实的感情，他也不能，所以，你们永远都只能像现在这样，无法后退，也无法前进。"

"涣芷熹，你们的身份，就是你们二人最大的障碍。"

之幻说完，便只见涣芷熹像失魂一般坐在花园的石桌前。

涣芷熹身体僵硬，头脑晕眩，她无力地笑着，摇头说道："之幻姑姑，你在说什么啊？我听不懂……"

"你可以装作不懂，也可以转眼就忘记我的话，但是我还是想让你记住，如果你不能接受违背伦常带来的天诛地灭的惩罚的话，我劝你最好远离他。"之幻目光诚挚而热烈，她紧盯着涣芷熹的双眼，一字一句道，"你要时刻记住自己和他的关系，不能逾越半步，否则终有一天，他会被你给毁了，而这种毁灭，是会让他灰飞烟灭的。"

之幻一口气说完了自己想说的话，然后长出一口气。随即恢复成她平常的样子，好像刚刚的一切都未曾发生过一般。她道："少主，魔君在门口等你了。"

03

涣芷熹还在讶异于之幻情绪的切换自如时，完全没发觉自己双手正微微战抖。

刚刚之幻的话，一字一句都像是一阵惊雷，狠狠敲打在她身体每一寸。

之幻上前，想要将她从石桌前扶起，可就在她刚刚碰到涣芷熹那第一秒，便被涣芷熹像躲避洪水猛兽一般躲开了。

"你不要碰我。"涣芷熹声音微颤，喉咙哽咽。

她艰难从起身，而后强装镇定朝梦游阁的大门走去。

此时，之幻又道："魔君最近被正派扰得心烦，还请少主不要为他多添烦恼了。"

言外之意，是涣虞不知道我来找你说这些话，所以请你不要露馅。

涣芷熹这回倒是挺聪明地分析对了。可是这又有什么用呢？现在的她因为之幻的挑明，已经完全沉浸在了认清真相和逃避现实的挣扎中。

他是我的叔叔？我怎么可能会爱上他？怎么可能？

这是大不孝！这是违背伦常！这是要被天下人耻笑的！

涣芷熹的心中，一句话便是一阵雷声，她的世界下起暴风雨，却不知可以对谁说。

我有一个秘密，一个到死也不会说出口的秘密。

涣芷熹如是想着，努力镇定自己的情绪。

当她到达梦游阁的大门时，涣虞已经在这里等候有一会儿了。他倚着门框，低头发呆，像是在沉思着什么。

离他不远的时候，涣芷熹停下了脚步，她静静看着眼前人，刚刚之幻对她的说的那些话在这一刻得到了认证。

她爱他。

虽然不知道是从什么时候开始的，但是此刻她知道，自己爱上了一个永远都无法在一起的人。

涣芷熹忽然觉得有些讽刺，明明以前在她最难过的时候，她还可以撒娇似抱着涣虞不撒手啊。而现在……她明明已经难受的要死了，却无法再上前一步，无法再向他靠近一步了。

"怎么才来？"收回思绪，涣虞见到不远处定住的涣芷熹，温柔问道。见涣芷熹没有答话，他又伸手，朝涣芷熹说，"芷熹，过来。"

涣芷熹微愣，但刚想迈出的脚步又在瞬间停滞了。

涣虞察觉到不对，他朝涣芷熹走来，问道："刚刚之幻和你说了什么？"

放作以前，涣芷熹肯定只会觉得这不过是一句普通问话，可是现在她却觉得，这是一句可以随时将现有一切美好点燃引爆的导火索。

她努力让自己看上去与平常一样，可就在她咧嘴笑开时，涣虞却明显感觉到了一丝苦意。

"没说什么啊？刚刚是那个小清喊我过来的，我在花园里睡着了。"涣芷熹说着，巧妙避开了涣虞向她伸去的手，转而单独大步向前，"走吧，不然等会儿天气该热起来了。"

涣虞一眼便看出了涣芷熹的故作坚强，可他不好说破，因为他根本就不知道之幻到底和她说了什么？

早知道刚刚就亲自去找她了。

涣虞暗暗懊恼着，脑海中竟赫然浮现刚刚涣芷熹离开后，之幻对自己的所说的话。

彼时，涣虞悠然地吃着早饭，之幻站在一旁。

"魔君，我说过，我不在乎你是否对我有一丁点的感情，也从未奢望过。可是，你为何要将自己和少主推向深渊？"

涣虞猛然一怔，停下喝粥的动作："关芷熹何事？"

之幻苦笑，完全不见往日的高傲，她道："难道你还要欺骗自己吗？"

涣虞没有说话，他只是眼神凌厉盯着之幻，继续听到她道："她会恨你的，终有一天。"

话落，刚刚还肃穆不已的涣虞却轻轻笑了。他苦笑着摇头，好像毫不在乎，他说："我早就料到了。"

涣虞说罢便自顾自地起身，丝毫不在意之幻千变万化的神情。他淡然走到门口，说："把准备好的马车牵到门口，我在那里等芷熹。"

刚刚在屋中的画面已经在脑海渐渐消失，涣芷熹一坐上马车，涣虞就将打包好的点心递给了她："先吃点儿，离下一个城镇还有好几个时辰。"

涣芷熹有些不是滋味地接过，她面上虽笑着，可心里却不停在咒骂自己：涣虞对你这么好，你竟然狼心狗肺对他动了歪心思！当真是凌迟一百次都不够！

涣芷熹的反常被涣虞看在眼里，他猜到定是之幻和她说了什么，可一向无所畏惧的自己，不知为何在这一刻竟心生怵意。

他不敢去赌涣芷熹到底知道了什么，现下的他只能一步步的配合涣芷熹，尽量将这台表面风平浪静，内里却波涛汹涌的戏给唱下去。不然，当一切肮脏的真相摆在二人面前时，他真的不确定，涣芷熹会不会因此而消失得不知所踪。

而就算是如此他最不能接受的情况，也是他能想到的最好结局了，因为，真正到了揭开一切的时候，他的身份就要改变了。

从叔叔，到仇人。

毫无转圜余地。

马车在林中飞快奔驰着，涣虞和涣芷熹都坐在马车里面，而赶着马车上前的，便是涣虞暗暗发功的内力了。

空荡荡的世界里，此时好像只有他们两个人。涣芷熹虽一路躲避着涣虞，但当她累了，困了，第一时间依靠的肩膀还是只有涣虞。二人就这样各怀鬼胎地相处着，害怕过分接近，但也更怕疏离。

这样的状态一直持续了好多天，直到那日涣虞出现了第一次的百年之日前兆。

那天傍晚，二人在一座小城中落脚。

刚刚择一处酒家住下，涣虞便忽然双目赤红的像是要发疯一般，痛苦嘶吼。

引来楼下小二的询问时，涣芷熹也只能淡淡地说一句，是自己摔倒了。

涣虞的身体时冷时冰，从皮肤底下透出的光芒也时暗时弱，涣芷熹在一旁不知所措，眼看着涣虞就要将自己的头撞上那墙壁时，涣芷熹想都没想，几乎是条件反射地飞奔到了墙边。

身体被涣虞撞出，狠狠抵在墙上，涣芷熹闷哼一声，缓缓滑落。

至此涣虞终于清醒了些，他紧咬着牙关，忍着身体剧烈的疼痛走到涣芷熹身边将她一把抱起。见她眉头紧锁，额心出汗，心中不由得一阵发紧。下一秒，他便不顾自己此刻的危险，准备输送真气给涣芷熹。

涣芷熹迷迷糊糊的，却忽然一把拉住了他的手，艰难摇头说："不要。"

涣虞没有理会，依旧固执屏息凝神，而后开始向涣芷熹输入真气。

涣芷熹体内被撞断的经络渐渐愈合，可是涣虞却顶着豆大的汗滴，愈发痛苦，面色苍白。半个多时辰过去了，当涣芷熹清醒过来时，发现自己正躺在涣虞胸口，而涣虞则已经不省人事地躺在了冰凉的地上。

涣芷熹担忧欲哭，不知所措间竟愚蠢地想要将自己为数不多的真气输送给涣虞。

待她在那原地坐稳准备运功时，却见涣虞轻轻睁开了眼。而他拉住她的双手则如铁钳一般，滚烫而有力。

"就凭你的修为，你觉得你的真气够输送几回？"涣虞说着，艰难从那地上坐起。

涣芷熹见他清醒，立马惊喜的将他一把抱住，欲哭道："我还以为你真的不会醒来了！幸好你没有丢下我不管啊！"

涣虞心疼地摸了摸她的头，温柔道："我怎么可能会把你丢下呢？我没事，休息一下就好了。"

"真的没事？"

"嗯。"涣虞回拥着涣芷熹，近乎贪婪的闭眼呼吸着她身上的清香。

片刻后，涣芷熹许是察觉了自己此刻行为的不妥，便不舍将涣虞松开了。她支支吾吾道："涣虞……"

"嗯？"

"我们去东海，好吗？"

"好。"

涣虞回答的干脆，让涣芷熹有些惊讶和狂喜。她本以为按照涣虞那般固执的性子，把他骗去东海就不错了，让他躲进死亡旋涡里，恐怕只可能存在于想象。然而没想到的是，这一路竟然会无比顺利。

可能是因为涣芷熹总觉得涣虞的同意来得太不现实了，在她心底，总隐隐觉得不安。

就像……就像是分别感言，不管你提出什么，在这一刻我都会满足你。

涣芷熹就这么不安地想着，终于在百年之日的前一天傍晚，到达了东海边界。

04

海面的凉风冷冷拍在涣芷熹的脸上，大片粉色和紫色的夕阳在天边晕染出瑰丽的色彩。日头渐渐下降，慢慢的，只留了一个指甲盖般大小的红点。

涣芷熹看着眼前的美丽景色，心中升起一阵欢愉。她跑到涣虞的身边，指着不远处的海岸边道："那里有一块大石头，我们比比，看谁先跑到那里？"

涣虞宠溺地看着涣芷熹笑了笑，然后毫不迟疑点了点头。

紧接着，涣芷熹咯咯地笑着，使出全力向石头奔而去。与此同时，涣虞却浅笑着站在原地，看着她飞奔而去的背影，眉眼中蓦地闪现一道白光。

涣芷熹跑到那比她高出两个自己的石头面前，气喘吁吁地停下了脚步。她脸上微微有些晕红，带着眉眼间的笑意望去，然而下一秒，她便愣在了原地。

沧海石。

这便是沧海石？

涣芷熹压抑住内心的激动，转身准备向涣虞说出实情。可当她刚刚转

第六章
欲
盖
·
弥
彰
·

151

身，却见涣虞正负手而立站在沧海石一旁，肃穆地望向沧海石背面的方向。

涣芷熹困惑地来到他的面前，随着他的视线一起望去，可这一次，她却是真的再也笑不出来了。

以樗里夷为主，人、仙、灵三界的兵队正如海水般壮阔，齐刷刷摆在自己眼前。他们面色坚毅，志在必得。

涣芷熹担忧地看向一旁的涣虞，发现此时的他依旧那般淡漠地站在原地，波澜不惊。涣芷熹抽出腰间的长剑，颇有一番壮士赴死的壮烈之感。

对方那么多精兵强将暂且不说，现在临近傍晚，离子夜的时间越发缩短时，涣虞的功力和体内魔气的凝聚力，便会慢慢下降，没有底线。这样的两个人，对上这么多想要置二人于死地所谓正派，可不就是壮士赴死嘛！

此时，涣芷熹面色紧拧，似来不及解释一般，挥着长剑就要朝自己手心割去。她准备将自己的血液滴在沧海石上，以此来寻求最后一丝生机。

可就在这一刻，涣虞却忽然拦住了她，他轻启薄唇，悠悠道："不急。"

涣芷熹被他莫名其妙的悠闲弄得狂躁不安，她大叫着："我急！"说着，涣芷熹又再次一次举起了手中的长剑。

涣虞无奈轻笑："谁输谁赢还不一定呢，乖，好好看着。"

"魔人！我看你今日，要往哪里逃！"梁丘伯熠举着明晃晃的大刀，朝着涣虞大喊道。他的话音刚落，便听那人间三千精兵共同附和，气势如山河般，喊道"无处可逃！无处可逃！"

涣虞不屑地扯了扯嘴角，淡淡道："我为什么要逃？"

他胡说玩，便见对面正派一阵抽气声，他们或惊恐或不敢相信地看着涣虞身后，愣在了原地。

涣芷熹顺着他们的视线回头一看，只见瞿唐、彼岸鬼君、杜若以及魔界其他老将带着魔冥两界的无数鬼兵赫然出现在了天边，而瞿唐的手上还押解一个众人都无比熟悉的人——巽扬子。

见此，与他们对立而站的巽封与，面上一时间涌现无数情感，有担忧，有愤恨，有不敢相信，还有恨铁不成钢。待魔冥众人在地面上站稳，巽封与便迫不及待上前一步，怒斥："巽扬子！你为何会落在区区一个鬼兵的手上！"

没有要求涣虞放人，也没有先问巽扬子是否受伤，而他的第一句话，竟是质问。

莫非他是怀疑自己因为爱慕着涣虞，所以就会欺师灭祖，无视宫规吗？

此刻的巽扬子是有些心寒的，可是她却没有半点办法，因为站在她对面的那人，是她唯一的亲人。

"涣虞，记住，你可欠我一笔。"彼岸鬼君浑身散发着黑紫色的光，他媚眼如丝，得意道。

其实他本不想来的，只是当害说魔界若亡，附属于它的冥界该如何在这天下立足？难保那些所谓的正派会放过自己，可能不用等几年，他们就会找个新的借口来灭了冥界。

彼岸鬼君虽对涣虞意见重重，可守护冥界的事他还是很乐意效劳的。

"我又没让你来。"涣虞看都没有看他一眼道。

彼岸鬼君气急，斥道："活该你要被天下所指！"话虽这样说，彼岸鬼君却没有半点离开的意思。

此刻，见到众人的涣芷熹惊喜地发现，原来涣虞早就布好了局，他料定正邪一战避无可避，所以早就选择了正面一战。然随即她又笑不出了。

原来涣虞并不是乖乖来陪她散心的。

原来涣虞一直都只是在布局而已，而她，不过是走这步棋的关键棋子罢了。

涣芷熹转身，不再看向前来的魔冥众人，她紧紧握着藏在袖中的双拳，隐忍着心底的难过，可就在这时，她却猛然看见了一个熟悉的身影，就站在他们的对立面。

舟乾？

那身着一袭深蓝色龙袍的翩翩公子，不是舟乾又是谁？

涣芷熹惊吓出声，却见涣虞安慰似的说道："他是东海龙王，这些人都是他喊来的。"

涣芷熹不敢相信地望向舟乾，却见舟乾似笑非笑地回望着自己。她想问问这到底是怎么回事，樗里夷恰巧开口了。

"涣虞，你若及时悔改，将灵界公主放了，我便还可饶你一条命。"

闻言，涣虞像是听见了什么天大的笑话一般，他张狂大笑几声，而后单手一挥，便见刚刚还在瞿唐旁边的巽扬子瞬间被移到了他的身边。涣虞紧捏着巽扬子的脖颈，浑身散发出冰冷的嗜血气息。

"不要！"涣芷熹惊恐喊道，一旁的杜若上前轻轻握住她的肩，想要让她安心些。

果然，涣芷熹不再出声，她只是眉头紧拧地看着对面与海岸线合成一体的人群，神色担忧。

不能动弹的巽扬子被涣虞渐渐举过头顶，她不敢相信地盯着他的侧颜，泪珠终于没能再忍住。

我对你百般真心，你却如此狠心？当真是我瞎了，还是你本就无心？

巽扬子的泪化为一颗颗冰晶，滴到涣虞的手臂上，然后落在了地下。涣虞心中微漾，但面上却依旧是不动声色。

"涣虞！你且莫要张狂！还不快快将灵界公主放下！"楂里夷急道。

"我本无心与你们一战，可你们却非要逼我？到底是我张狂？还是你们？"涣虞牙关紧咬，瞳孔正微微泛红。

"你杀了我人界众人，还擅闯灵宫，将灵宫搅得乌烟瘴气！现在竟说是我们逼你？大丈夫男子汉，敢做就要敢当！你堂堂一界魔君，竟落得如此不敢认罪的地步，当真是可笑之极！"梁丘伯熠大声怒吼着，可涣虞却不为所动的淡淡瞥了他一眼。

涣虞道："我从未有罪，何来的认罪？"

"无罪？"巽封与忽然大笑着开口，笑声过后，便只有阴冷的说话声，他悠悠道，"十几年前，你主动挑起魔冥一战……"

"是他们防御过度，主动出手。而且……这些年我从未插手过他们的事情，也从未为难过他们。"

"那当年神魔一战，你灭了神界满门！"

巽封与的话刚刚说出，便见涣虞眼神恍惚了几秒，他将手中举起的巽扬子缓缓放下。而后垂下手臂，沉声道："那是他们毁我魔界在先！"

"可是你不仅报仇，还杀了神界满门！就连当年神界刚满月的公主你也没有放过！你不是丧心病狂是什么！"巽封与的话无疑是动了涣虞的底线。

只见他神色一凛，飞身就朝巽封与攻去。

此时，夜渐渐袭来，海风呼呼的吹过众人的衣袍，圆月被映在海面上，将夜色照得通亮。

05

涣虞周身都散着赤红色的光芒，他毫不留情地攻打着巽封与，招招想要置他于死地。

樯里夷和其他几个长老皆要出手相救，他们在海滩上席地而坐，执手摆阵。

这时，魔界长老烈云忽然拿出破天镜，破天镜上的画面，让此刻正在摆阵的几位仙界老头皆是一阵心惊。因为他们看见那被破天镜反射出来画面，竟是轩辕山上烈吞带着诸多鬼兵严守以待的样子。

为了完全斩除涣虞，樯里夷将其他几位师兄弟都请出了山，然后只在原本的结界外多加了两层。此刻烈吞破除结界，带着众多鬼兵碾压轩辕山，可轩辕山上却只有仙界首徒坐镇。

谁输谁赢，一眼便知。

樯里夷眉头紧蹙，他急忙收了阵法，和其余几个长老耳语了几句之后，便见其中三个长老御剑离去了。剩下的二人无法再摆阵，只好迎面接招。

战况，就此爆发。

杜若和瞿唐也开始迎接对面精兵的挑战，二人合力阻击，力量不容小觑。

此时，彼岸鬼君悠悠飘到梁丘伯熠面前道："那我们也玩会儿吧？"

梁丘伯熠横眉冷对，挥着手中的大刀就朝彼岸鬼君砍去，可不想却扑了个空。他困惑地看着前方消失不见的人影，却蓦地感觉到一只手从自己背后搭上了他的肩膀。

"我在这儿呢……"彼岸鬼君在梁丘伯熠的耳边吹着冷气，悠悠道。

梁丘伯熠大怒，转身挥刀而去。

此时，巽封与被涣虞逼得节节败退，月色渐渐被黑夜挡住。一阵海风呼啸而过，便见涣虞浑身被火焰包围着，他痛苦的喊声，证实着反噬开始。

涣芷熹眼睁睁地看着从半空坠落的涣虞，心下一阵惊慌。她连忙飞身前去想要接住涣虞，可就在这时，巽封与却突然灵力大动，朝着涣虞的头顶，就是一掌。

鲜血从涣虞口中喷洒而出，涣芷熹不敢相信看着此刻已经落在自己怀中的涣虞，泪眼模糊。

她连连摇头，泪水就像断了线的珠子一般，一颗一颗不停掉落。

涣芷熹颤抖着双手为涣虞擦去嘴角的泪，可涣虞嘴边的鲜血却汩汩流出，止也止不住。

涣虞身体开始抽搐，可他半睁着的眼睛，却是温柔地盯着涣芷熹。他也战抖着指尖，摸向涣芷熹的脸，而后为她轻轻擦去泪痕。

涣芷熹大哭，她不停地摇头说不要，可涣虞却终究还是落下了手臂。

涣芷熹抱着气息尽无的涣虞跪倒在海岸边上，悲恸大哭。那哭声越来越大，越来越响，就像是来自地狱的轰鸣，也像是来自世间所有的悲泣。

就在这时，涣芷熹浑身散发银色光芒，她赤红色的衣袂，在银色光芒的照耀下，显得格外妖媚。

她与涣虞在此刻同时缓缓腾空，霎时间，天上如白日一般明亮，而后又像暴风雨夜一般压抑。

雷声滚滚，海面波涛汹涌，狂风呼啸而过，天上的星辰、圆月、与太阳，交相改变着，不远处的树林，飞禽走兽，一顿奔走，就像预示着这世间即将要发生什么恐怖的事情一般。

而刚刚还激烈的战斗也忽然停下。众人惊讶地看着上升于半空之中的涣芷熹，有恐惧，有不安，有惊喜，更有叹息。

而看着涣芷熹的人群中，还有一人，是比任何人的情绪都要激烈的。

他便是涣虞。

涣芷熹怀中的涣虞不过只是巽扬子暗暗布下的幻境而已，因为他看见巽封与正被涣虞步步紧逼，她本想利用关心则乱的方法来让涣虞方寸大乱，没想到阴差阳错的竟将涣芷熹体内的封印逼开了。

涣虞看出端倪，心下蓦地一狠。

他转身对着巽封与就是一掌，而后便见巽封与不敢相信地看着自己体内燃起一团熊熊烈火。没有几秒，那烈火就冲破他的身体，将他整个人都化为飞灰。

"父王！"巽扬子悲恸大喊，提步就朝巽封与的方向飞奔而去，可最后她却什么都没摸不到。就连巽封与修炼千年的灵珠也就此不见。

巽扬子的悲痛涣虞无心照顾，他朝涣芷熹飞身而去，可她周身的光晕却让他无法靠近。

海浪越来越大，天色也越来越诡异。山林里，忽然涌出的飞禽走兽正一声声嘶吼低鸣着。人群之中，有一个从未参与过战斗，但一直在现场的人，满意地勾了勾嘴角。

舟乾收回注视涣芷熹的视线，转而默默走到了海边。他微微笑着跳入海浪之中，而后一阵青光闪过，便消失不见。

几秒之后，大海中央有一条青龙仰天而啸，他在海天之间穿梭着，像是在完成一项很重大的使命。

再过片刻，异常的夜终于慢慢安静了下来。涣虞也得以靠近涣芷熹身边。

还没从幻境中清醒的涣芷熹眉头紧锁，两行清泪从眼角缓缓流过。

"芷熹？芷熹？"涣虞轻声唤着，却不见怀中那人有任何动静。他只听见涣芷熹默念着"不要，不要啊涣虞，你不要丢下我……"

涣虞将拥着她的手臂一阵缩紧，心中也是一阵揪心的疼，可疼痛过后却是无力。

她终于要知道了。

涣虞想着，挥手就要带她逃离这里。可就在这时楛里夷却兀自上前挡在了他的面前。

"她便是神界三皇子彦青独女？对不对！"

涣虞不想理会他，继续向前，可楛里夷却将扶苏一甩，把涣虞困在了自己的结界之内。

涣虞抱着涣芷熹，冰冷道："让开。"

"她就是当年的那个小姑娘，对不对！"楛里夷面色红润，也不知道是急的还是气的。

"让开。"涣虞依旧淡漠道，可楛里夷却与他较上了劲。

　　他说："既然她是神界遗孤，那你就不能带她走。仙、神两界本同属一脉，按理来说她现在应该是我仙界的人。"

　　涣虞抬眉，冷冰冰地看向樯里夷，而后神色一凛，聚气就朝结界外的樯里夷攻去。樯里夷连忙接招，可就在二人势均力敌之时，乌云将圆月最后一丝光芒遮挡，百年之日，终于来临。

第七章

·镜·花·水·月·

忘情

WANG·QING

✦

01

时间一到，涣虞体内的蛟龙珠便开始反噬。他强行压制着体内异常波动的气流，同时加大手中往楮里夷打去的鬼蜮之力。

只是他越多发功一分，反噬就越强劲一分。楮里夷见状气道："涣虞，你当真要拼个你死我活？"

涣虞没有答话，他瞳孔大睁，赤红色染红了他的双目。

底下，瞿唐正焦急大喊着："魔君！"可涣虞却像是什么都没听到一般，兀自将鬼蜮之力再发动一层。

众人皆是蹙眉，他们仰头看着鬼蜮之力与楮里夷的仙力强强碰撞，但听不到半句二人间的对话。而那翻滚碰撞的气流则如无法制止的海风般，让人不能上前一步，也无法多看一眼。

"涣虞……"

涣芷熹静躺在涣虞的魔气结界之中，忽然下意识的嘟囔了一句，涣虞听到立马再次发力，终于将楮里夷的结界打破，楮里夷因此被震下了半空。

涣虞猛地吐出一口鲜血，面色惨白，蛟龙珠已停止了反噬，可只有涣虞清楚，它的停下无非是因为蛟龙珠已碎。

涣虞害怕樯里夷看出端倪，忙带着涣芷熹飞身离开，他努力克制住即将晕厥的冲动，一路朝魔宫飞身而去。

涣芷熹再次醒来时已是三天之后。她迷迷糊糊地哭醒，脑海的画面还停留在涣虞在她怀中死去的那一刻。她猛然从床上坐起，却见杜若正端着汤药朝自己走来。

"少主，你醒了？"杜若连忙上前急问道。

涣芷熹却心不在焉，欲哭道："涣虞呢？"

"魔君正在鬼蜮宫修炼。"

"涣虞没事？"

杜若摇了摇头："魔君没事，可是少主你还需要多休息。"

听到魔君没事之后，涣芷熹就立马下床往大门之外奔去。此时瞿唐正好进来，一把将她拦住，说："少主，魔君吩咐你哪里也不能去。"

"让开！"涣芷熹无视瞿唐的阻拦，呵斥着就要继续往外走，可没走几步就被瞿唐一把抓住了臂膀。

"魔君现在不能见你！"

"为什么不能见我？他是不是出事了？"涣芷熹反拉住瞿唐，担忧地问道。

"魔君没事。"瞿唐坚持着这句话，可他目光中分明闪烁着一丝逃避的意味。

涣芷熹蹙眉，颓下手臂，声音也比刚刚弱了许多，她低沉道："放开我。"

瞿唐见状只好听话放开，可下一秒便见涣芷熹再次朝着门口奔去，然后消失不见。

杜若连忙上前想阻拦，可瞿唐却道："让她去吧。"

杜若担忧说："可魔君……"

"或许只有少主才能让魔君醒来。"瞿唐低下头淡淡道。他颓败的样子，在杜若眼中也不知是失落还是认命。

涣芷熹光着脚就飞身来到魔宫山的鬼蜮宫。这里正有重兵派守，涣芷熹内心隐隐感到不安，而当她准备进入鬼蜮宫时，也赤火鬼兵拦住了。

"魔君有令，任何人不得进入。"

"让开。"涣芷熹努力维持着自己最后一点耐心，低声道。

可赤火鬼兵乃是涣虞直属掌控，除了涣虞他们谁也不认，包括眼前这位少主。

见赤火鬼兵原地不动，涣芷熹只觉得自己体内似有一股力量呼之欲出。她怒意丛生就要朝赤火鬼兵动手，关键时刻，瞿唐在她身后悠然降落。

"让少主进去。"瞿唐道。

闻言，赤火鬼兵立马收手，低头应道："是。"

涣芷熹迟疑地看了眼瞿唐，然后换成感激。随后她急步上前走进鬼蜮宫。

鬼蜮宫内，烈焰在石壁上熊熊燃烧着，涣虞躺在石洞中间的冰床上，一动不动。仔细看时，甚至可以发现他连胸口起伏的气息也极为微弱。

"涣虞！"涣芷熹呼喊着就飞身到达涣虞身边。

鬼医正在一旁打坐，见涣芷熹到来才叹气起身。

"鬼医大人，涣虞怎么样了？"涣芷熹急问道，却见鬼医轻轻地摇头说，"魔君蛟龙珠破碎，震裂了体内的五脏六腑，却无法自行愈合，所以……"

"所以什么？"

"所以魔君还能不能醒来，老夫也不敢保证。"

涣芷熹沉默了，她眼眶赤红地看着双目紧闭的涣虞，喉咙发紧。

都是她的错，如果她不将涣虞带到东海也不会遇见舟乾。如果不是遇见了舟乾，那那些所谓的正派也不会找到他们。

涣芷熹无比自责地想着，抚向涣虞脸颊的指尖轻微颤抖。

"魔君重伤的消息已经被封锁了，只有我们几人知道。但是等樯里夷反应过来他定会察觉其中的蹊跷，到时……魔宫怕是会遭受灭顶之灾。"鬼医若有所思。

涣芷熹眉头轻蹙："不是巽封与对涣虞下的手吗？"

瞿唐不屑轻笑，"少主莫非还真的以为就凭巽封与也可伤到魔君？"

"那为什么我看见魔君被……"涣芷熹说着，又忽然停顿了下来，她转而自己嘟囔道，"巽扬子……"

"是的，你当时中了巽扬子的幻境。"瞿唐说，"樯里夷和魔君动手时魔君正被蛟龙珠反噬，因为无视体内的痛苦强行发动鬼蝛之力，这才使得蛟龙珠破碎……"

听着瞿唐的话，涣芷熹开始努力回想着当时的画面，可她却什么都想不起来。

"我要救他。"涣芷熹说着就将涣虞从冰床之上扶起，她运力将体内的真气朝涣虞输送去，可她却忽然发现自己体内似乎蕴含着某种不一样的东西。

"少主，没用的。"鬼医无奈劝阻着，可涣芷熹却当成没听到般，手中动作不停。

瞿唐眼眶泛红，他背过身不忍再去看眼前这一幕。就在这时，鬼蜮宫忽然震动摇晃，众人面面相觑，不知发生什么情况。

几秒过后，震动停止，涣芷熹也收起了正在给涣虞传送真气的动作，瞿唐道："我出去看看。"

"我跟你一起。"涣芷熹说着就走下了床。

瞿唐却面色担忧地看向涣芷熹的脚，道："少主，回去穿上鞋子吧，不然魔君又要生气了。"

涣芷熹蓦地一阵心酸，强忍住眼眶的泪水，点头道："嗯。"

02

涣芷熹重新从熹明殿出来，飞身到达魔宫山下时，只见那片苍茫的荒原之上巽扬子带着灵界军队前来讨伐。

她一袭冰蓝色的王服，从前倾泻在肩头的墨发，此刻也被梳成飞天髻的模样。她面容颜有怒意，只是那紧锁的眉头依旧还带着丝丝期盼。

或许，她在期盼着涣虞能对她说一声，抱歉。

可她终究还是高估了自己，她看着瞿唐一身铠甲，带着鬼兵站在山脚下，与自己对立而站，却并未见到她又爱又恨的那个人。

"叫涣虞出来，否则我定将你这魔宫山全部踏平！"巽扬子怒道。

话落之时，涣芷熹也到了瞿唐身边。

涣芷熹蹙眉看着巽扬子，还未说话便听巽扬子嘲讽道："你们两叔侄还真是同气连枝，忘恩负义！我这般帮助你们，却没想到被你们挟持，还害死我父亲！"

"对不起……"对于巽扬子涣芷熹是真的很抱歉的，如果不是她帮助，自己也不可能找到死亡旋涡，虽然最后的结果是差强人意，但说到底巽扬子终究还是帮助了她的。

"对不起？"巽扬子眼中含泪，却张狂大笑了起来，"我巽扬子这辈子做得最错的一件事就是认识了涣虞！认识你们魔宫的人！现在我父亲死了，我要让你们全部给他陪葬！"

巽扬子说罢，长袖一挥。她升到半空，水袖所到之处皆是一片焦黑。她发动灵力让魔宫山剧烈震动起来，见状涣芷熹什么也没想的，抢先瞿唐一步飞身到巽扬子面前。

"就凭你这点三脚猫的功夫还想阻止我？"巽扬子不屑地笑着，加大手中灵力。二人在半空交手，谁也没有让步的意思。

涣虞这般在乎涣芷熹，若她将涣芷熹擒住，她就不信涣虞不出来。巽扬子想到此，停下了对魔宫山的攻击，转而加大力度向涣芷熹攻去，可就在这

第七章

镜

花

·

水

月

·

167

时，她却忽然感到自己胸口一阵剧痛。她蹙眉看去，却见不远处的涣芷熹正以手臂为剑，以真气为剑锋，直击自己胸口。

她从半空落下，捂着胸口在荒原之上站定，可她的双脚刚一接触到地面，便感觉自己身上刚才那股剧烈的疼痛消失不见，而且连一丝伤痕都不曾有。

“你对我有恩，对涣虞也有恩，所以我不伤你。可是如果你再敢侵犯魔宫，不代表我会继续手下留情。”此时的涣芷熹和从前的她已经截然不同了，巽扬子怔怔地看着她，有些出神。

她想起了那日东海之战涣芷熹掀起天地巨变的样子，这才惊觉自己此刻的冲动和鲁莽。

“吞了我灵界的灵珠，功力大涨，却又用来对付我？你们魔界之人，可还真是恩将仇报！”巽扬子故意道。

涣芷熹神色一凛，问：“什么灵珠？”

“为了缓解涣虞百年之日时的痛苦，我亲自送来一颗灵珠让他护体，却不想……”巽扬子说着，眼神狠戾地盯住涣芷熹，“他竟然将灵珠放在了你的体内。”

巽扬子说完，不顾涣芷熹的惊讶继续冷笑道：“若我早看出来你们违背伦常的感情，我也不至于落到今天这种地步！你们两个，当真是死一万次都不够！”

巽扬子的话让涣芷熹瞬间跌入到无尽的冷窟中，她大怒道：“你胡说！”

巽扬子没有解释自己到底是不是在胡说，她眸中白光一闪，而后她冷笑着甩袖离去。

灵界之人全部离开后，涣芷熹也终于回过神。她心中有如万蚁啃噬一般，整个人怔怔的，随后也并未回到鬼蜮宫，而是将瞿唐带到熹明殿。

瞿唐似乎并不惊讶她这个举动，他垂手站在涣芷熹的身后，等待她的问话。

"说吧。"涣芷熹背对着瞿唐，语气颇为失望道。

瞿唐没有直接回答，而是问道："说什么？"

"为什么你们会忽然出现在东海？为什么会挟持巽扬子？为什么涣虞会主动要与我去人间？"

瞿唐双拳紧握，迟疑道："其实……布谷鸟来的那天，我们就知道了。"

涣芷熹骤然转身，蹙眉斥问："什么？"

"正邪一战，避无可避。魔君为了不想让你对他失望，所以并没有打算主动出手，可是等在魔宫却是坐以待毙，当百年之日到来，若所有正派联合攻击，魔君并没有把握可以护魔宫安好，可以护你安好……"

"所以你们就将计就计，把我当成一个傻瓜骗得团团转，什么都不告诉我？亏我还满心以为只要找到死亡旋涡了，就什么事都没有了。"

"少主……"瞿唐不忍地看向涣芷熹，"魔君只是不想让你担心……你们离开之后我便在暗暗的集结军队，巽扬子也是在这时候主动过来的。"

"她主动过来？"

"嗯。"瞿唐应道，"是她主动过来要求当人质的，她以为只要这样就可以让正派那些人有所顾忌，不会轻易出手……没想到……"

"没想到巽封与不顾自己女儿的死活，故意激怒了涣虞。"涣芷熹接过瞿唐的话道。

"嗯。"

"那我为什么会遇见舟乾？这也是你们故意而为的？"

瞿唐摇头："舟乾向来不插手人间之事，这次你们在乌林城遇见他，我和魔君也觉得意外。"瞿唐回忆道，"魔君在你们刚刚碰面那天就给我传了消息，说舟乾可能是在寻找什么，但是后来我问魔君舟乾到底在找什么的时候，魔君却没有告诉我，他只说樗里夷那些人会在你们到达的那一天出现在东海。"

瞿唐解决完涣芷熹的疑问之后，屋内沉寂了许久。就在他准备告退时，涣芷熹又忽然问道："巽扬子说我体内有灵珠，你可知道？"

瞿唐蓦地紧张了一秒，而后点头承认。

涣芷熹抬眉，不悦地看向瞿唐道："那你为什么不告诉我？"

"我也是在你和杜若比武之后，才知道的。"

听到瞿唐的解释涣芷熹没有再责怪他，只困惑地说："当时我是感觉自己功力增加了不少，可是这一次……"涣芷熹说着，伸出手心看了看，"这一次，我体内的力量似乎和之前不一样了，好像更加纯粹，也更加强大。"

瞿唐蹙眉，心下一紧，他搪塞道："可能是，灵珠的作用现在才开始发挥吧？"

涣芷熹狐疑地看向瞿唐，淡淡道："你不会不知道，灵珠能发挥多大的力量完全取决于使用人的功力吧？我自小功力就弱，涣虞也从未让我修习魔宫的法术，我会的一直都只是他教给我的那几招防身用的功夫而已……而且，我身上连一点魔气都没有，可为什么这次我的真气却这么足呢？"

瞿唐没有答话，涣芷熹却探究地审视着他说："瞿唐，你向来不撒谎的……"

瞿唐回避着涣芷熹的眼神，匆匆道："那我也不清楚，大概……是因为少主你终于领悟到了什么诀窍也说不定。"

"瞿唐，你看着我的眼睛。"

涣芷熹的话才刚说完，便见瞿唐像是鼓足了勇气般道："少主，我去鬼蜮宫守着魔君了。"说罢，瞿唐一溜烟儿地消失不见了。

涣芷熹暗暗确定了自己心中的猜想，涣虞和瞿唐一直都有事情瞒着自己，而且在东海之战上她昏睡过去之后，定还发生了什么她不知道的事情。

涣芷熹想着，忽然也就不着急了。她有一种很强烈的预感，她觉得这些问题的答案一定就在不远处等着她了。

03

涣芷熹日日守候在涣虞身边为他输送真气，尽管瞿唐和鬼医都一直尽力阻止，可倔强的她根本什么话都听不进。她说"至少这样我能确保他是活着的，而且可以让他受伤的五脏六腑痊愈得快些。"

她言尽于此，瞿唐和鬼医便也只好随她去了，并且尽力为她护体。

杜若这几天一直在找涣芷熹，可是每当她追到鬼蜮宫门口时便进不去了。瞿唐一直在主持着魔宫的各项大小事宜，为了不让魔宫众人因为杜若的反常而走漏风声，便只好将她以擅闯禁地的名头关进了惩戒狱。

尽管鬼医和瞿唐都觉得涣芷熹每日为涣虞输送真气只是在做无用功，可十天之后鬼医却惊喜地发现，涣虞的内伤已经痊愈了，而且还有苏醒的迹象。

涣芷熹知道后开始更加频繁地为涣虞输送真气，可鬼医却道："魔君修为已有千年，这蛟龙珠忽然破碎带走了他大部分的功力，一时之间难以苏醒是一定的。所以现在虽然他内伤已经痊愈，但依旧需要一味药引来帮助他苏醒。"

"什么？"瞿唐和涣芷熹同时问道。

"龙血藤。"鬼医蹙眉道，"此种草药与蛟龙珠生死相息，可以稳定不是龙族之人吞食蛟龙珠之后的排斥反应，现在魔君是因为蛟龙珠带走体内大量修为而昏迷不醒，所以用龙血藤来唤醒他是最有可能的。只是……"

"只是什么？"涣芷熹急问道。

"只是这龙血藤向来只有蛟龙族人知道生长在哪里，所以……"

鬼医面色为难，却见涣芷熹忽然面露喜色，她道："我去找。"话落，不等鬼医询问她去哪里找，便见她大步离开。

涣芷熹没有直接去找草药，而是来到了惩戒狱中寻找一个人。

地魔塔内，如风正悠闲地围着水球喷水玩。见涣芷熹进来，他立马幻化成人形，惊喜道："乖鱼鱼！你来看我啦？"

涣芷熹疲惫地笑了笑，说："嗯。"

如风伸手，捏了捏涣芷熹的脸颊，道："真乖！"

他话说完，涣芷熹直入主题："但我还有更重要的事情想问你。"

如风一副我就知道的表情，他耸耸肩，朝那地上一躺，耍赖道："不说。一来就有事问我，要是没事你是不是就真的忘了我啊？"

"如风……"涣芷熹抱歉道，"等这些事情全部过去了，我一定每天过来陪你，好吗？"

"真的？"如风有些不信，他乜斜着双眼，看着涣芷熹道。

"真的。"

"那好吧，什么事儿，你说。"如风从那地上弹跳坐起，一本正经地说道。

"你知道龙血藤在哪儿吗？"

涣芷熹话才刚刚说完，便见如风冷笑了一声。他从地上站起，居高临下地看着涣芷熹，问："涣虞出事了？"

涣芷熹没有答话，她满脸担忧地看着如风，以眼神恳请他能开口说出自己想要的答案。

如风瞥了她一眼，转身背对着她："他作恶多端，现在是他的报应来了，你又何必去与天命作对。"

"他没有。"

如风笑意更甚："也就只有你才会相信他……"

"你不信吗？"涣芷熹反问道。

如风理所当然地应道："当然不信。"语罢，如风脑海中却忽然浮现涣虞拿着毒刃来找自己的那天，他心虚地咳嗽了几声，又道，"他被反噬了？"

"嗯，而且蛟龙珠破碎了。"

"什么？"如风猛然回头，他不敢相信地道，"怎么可能会破碎！"

"有人想置他于死地，特地在百年之日的时候等着他，蛟龙珠在他和别人动手时破碎了。"

如风有些懊恼："既然早就知道有这一天为何还不做好准备，还乖乖地等着他们挑时候来打？"

涣芷熹沉默了，她自责道："都怪我……"

如风微愣，说："怪你干什么！分明就是那家伙太自大，总以为自己可以搞定一切！"

如风略微担忧的话让涣芷熹心生欢喜，毕竟是有血缘关系的。想到此，她再次燃起了一丝希望，问："你可以告诉我龙血藤在哪里吗？他已经昏迷了很久了，我想救他。"

"你真的想救他，不后悔？"如风忽然迟疑地问道，似乎话中有话。

可涣芷熹丝毫没有察觉，她坚定地点了点头："嗯，不后悔。"

如风轻叹了一声，转身准备摸摸涣芷熹的头，却被涣芷熹偏头躲过。他轻笑："希望你以后也能记住现在的话。"

涣芷熹忽然觉得如风好似话中有话，但不等她询问便听如风道："龙血藤本就是蛟龙珠幻化而成，只有在蛟龙珠破碎的时候它才会出现。你要去当时蛟龙珠破碎的地方，龙血藤就在那里。"

如风说完化成蛟龙，围绕着水球转了几圈之后，直接钻进了壁画。空荡的地魔塔内，瞬间只剩下了涣芷熹一人，她轻轻道；"谢谢。"

涣芷熹出发寻找龙血藤时瞿唐曾现身阻拦。瞿唐以为舟乾费尽心思将涣芷熹身份揭开定是不安好心，可他却不能将事实告诉涣芷熹，他只道涣芷熹独去去危险，他去就好。

可涣芷熹却推辞说，"魔宫本就他一人做主，现在他无法出面，你要是再不在，定会大乱。"

顾全大局，瞿唐便只好由她去了。

这一次，涣芷熹只用了两日便到达了东海边界。前一次来的时候在人间逗留了许久，这一次她日夜飞行节省了不少时间。

东海一战的痕迹已被掩埋，沧海石平静依然。涣芷熹低头认真寻找，终于在沧海石不远处发现了埋藏在沙石里的龙血藤。

龙血藤是株泛着青色光芒的枯藤，只有手掌长度，涣芷熹一眼便认了出来，就在她刚将龙血藤放进怀中准备离去时，东海里却赫然出现了一个激流湍急的旋涡，而后便见一个熟悉的身影缓缓出现在她的面前。

巽扬子带着一丝冷笑来到她的面前，说："你终于来了。"

涣芷熹微愣，立马紧张道："你知道我会来？"

巽扬子不答，只是一步一步朝她靠近："你放心，我不会抢夺你的龙血藤，毕竟，我还不想让涣虞死。"

涣芷熹大惊，原来她知道了涣虞重伤？

巽扬子似乎看出了她的疑惑，说道："我也是前两天才知道涣虞体内的蛟龙珠破碎了，所以才在这里等你。"

"你想干什么？"

巽扬子冷笑："没想干什么，只不过，想让你看点东西罢了。"

涣芷熹警惕地看着巽扬子，却见她从怀中拿出了一面石镜。她将石镜递到涣芷熹的面前，说："我相信你会感兴趣的。"

涣芷熹没有接，转身就要离去，巽扬子淡淡道："你不想知道你真实的身份吗？"

涣芷熹顿住脚步，但仍没有转身，片刻后，她道："涣虞说了，他会亲口告诉我的。"

"那是你太天真了，还是你想一辈子背负着与他枉顾伦常的罪名，受尽千夫所指？"

这一次，涣芷熹动心了。

她可以不去计较自己的身世，但是却无法无视自己早已对涣虞萌发的异样感情。这种感情在外人眼中是畸形的，至少以她现在的身份。

涣芷熹迟疑转过身，而后接过了巽扬子手中的石镜。

04

涣芷熹接过石镜后，镜中忽然天旋地转，紧接着冒出一个画面，画面上是千年前涣虞才刚成年时的模样。

镜面中，涣虞与一身穿银色铠甲的男子谈笑风生，他们坐在神界天门旁的大树下饮酒高歌。

画面一转，神界满是一片喜庆。

红色灯笼点缀着本是一片清冷的神界天宫，来来往往的众人皆是满面欢喜地恭贺着身穿银色铠甲的男子，以及他身边言笑晏晏的女人，而他的怀里，正抱着一个嗷嗷待哺的婴儿。

忽然，有天兵天将匆匆前来报信，然后画面中开始出现屠杀的画面，为首的，便是年轻的涣虞。

他满面淡漠地看着眼前的屠杀，而后将手中的长戟指向了那男子一家。

二人大战，涣虞步步紧逼，长戟沾满了鲜血，发出厚重低鸣。而后，便见那戟从涣虞手中飞出，直指正与其他魔界弟子过招的女人，长戟穿过她的胸膛，让她死不瞑目。

涣虞杀了一个又一个，此时的他与涣芷熹心中的那个人完全不同。他就像一个嗜血的恶魔，将本是喜庆的天宫变成血流成河的地狱。

荒原之上，男子单腿跪倒在焦土里，此时的他已满面疮痍，银色铠甲早被血污浸透。他双目空洞，似是失去所有希望，但又满眼恨意地看着站在他面前他的涣虞。片刻后，他俯身亲吻了一下放在地上的婴儿，而后举起长剑直穿自己胸膛。

他道："我以神族的心脉血诅咒你，生生世世护我儿安好，永生永世被其折磨。"

话落，回音一层层涌向涣虞，涣虞收起长戟，慢慢走向了他。

画面再次一转，涣虞坐在魔宫之中，看着安睡在软榻上的婴儿，低声道："希望你从此止于离散，永沐光明，涣芷熹。"

画面至此，涣芷熹手中的石镜赫然掉落，她睫毛战抖，喉咙哽咽，鼻酸发红，可赤红的眼眶里，却不见一滴泪水。

巽扬子得意笑道："尊贵的神界公主，不知你还是否想要救你的好叔叔？"

最后三个字，巽扬子几乎是咬着牙说出来的。涣芷熹猛地一怔，苦笑了起来。

既然你已屠我满门，那又为何独留我一人？是因为你愧疚吗？

涣芷熹嘲讽地想着，失落转身离去。她像疯了一般朝魔宫飞去，她想亲口问问涣虞，这些年，他到底是何居心？这些年，他可曾有过愧疚？这些年，他对自己，可否有过那么一点点真心？

涣芷熹回到魔宫的时候，又是两天之后。可当她站在鬼蜮宫前时，她却忽然有些迟疑了。

瞿唐听到消息之后赶到她身边，却发现她双目赤红，神色黯然。

他说："少主，你怎么了？"

涣芷熹没有答话，长戟穿过母亲胸膛的画面在她脑海中一闪而过，她没有看瞿唐一眼，径直走进了鬼蜮宫内。

鬼医忙不迭迎上前，看着涣芷熹的表情还以为她没有找到龙血藤。就在他准备说些什么来安慰她时，却见涣芷熹从怀中拿出了一株泛着青色微光的枯藤。

"龙血藤！"鬼医大喜，连忙接过说，"我这就去熬药。"

鬼蜮宫内，顿时只剩下了瞿唐、涣芷熹和涣虞三人。涣芷熹悲愤地看着躺在冰床上的涣虞，忽而痛苦地闭上了双眼，她问："你早就知道我的身份，是吗？"

瞿唐站在涣芷熹身后，猛然一惊。他怔怔站在原地，喉间吐不出一个字。

涣芷熹悠悠回头，怒视着他问："你能幻化成人，不过也是因为喝足了神族的血，是吗！"

这不是疑问，而是肯定。

瞿唐心脏猛然一沉，他有些慌乱地看着涣芷熹，不知该如何回话。

这些都是事实，他又能如何否认？

看着他没有否认却慌张的样子，涣芷熹轻蔑地笑了笑，她提步离开，与他擦肩而过。

"我很抱歉。"瞿唐忽然低声说道，可涣芷熹却像是没有听见一般径直离开了。

涣虞终于醒了，可涣芷熹却没有感到丝毫的喜悦。

她将自己关在熹明殿，不吃也不睡，活像个没有生命的稻草人，瞿唐前来告知她这个消息时她一句话也没有说。

涣虞醒来后的第三天，涣芷熹终于等来了他的出现。此时，她就坐在正殿之中的木桌前，呆呆看着消瘦了许多的涣虞低头而进。

涣虞坐在她的身边，没有说一句话。

片刻后，涣芷熹失神道："我一直在等你醒来。"

"嗯，我知道。"涣虞的声音沙哑，涣芷熹心中蓦地一疼。

"等你醒来告诉我，你一直说以后会告诉我的，关于我的身世。"

"你已经知道了，不是吗？"

"可是我想听你说。"涣芷熹固执地看向涣虞，却见涣虞哀伤而心疼地回望着她。

他沉声问道："你多久没睡了？"

涣芷熹苦笑："与你有关吗？"

涣虞微愣，而后低下了头："无关。"

这两个字从涣虞口中说出来时是清清淡淡的，但涣芷熹却像被一击重拳打中，连呼吸都变得特别困难。

"为什么不在当时就杀了我？"涣芷熹问。

"彦青下了诅咒，我这辈子都无法杀了你。"

涣芷熹心中一片酸涩，她苦笑道："所以你将我丢到地魔塔近千年。"

"对。"

"那又为何将我放出来？"

"你开始长大了，如风会通过地魔塔的水球汲取你的神力。"

涣芷熹又是一阵苦笑："涣虞……你对我，可曾有过那么一点点真心？"

"没有……"

涣芷熹隐忍了数天的泪水，在这一刻忽然决堤。她紧咬着双唇："可是怎么办……我已经不能没有你了。"

涣虞没有说话，只是目光中却更加悲痛了些，他狠心说道："你走吧，如果你想为你家人报仇，可以随时回来找我。"

涣芷熹掩面，拼命忍住即将崩溃的情绪："明明是你做错了，为什么现在想挽留的却只有我。"

涣虞没有答话，他伸手想要去摸摸涣芷熹的头，可当他的手刚刚伸出，又收了回来。

涣芷熹放下掩面的手，说："那天，之幻姑姑告诉我，如果我不能接受违背伦常带来的天诛地灭的惩罚的话，我便要远离你。可是涣虞，你知道吗？当时我心中的回答是我能接受。就算被天下人唾骂又如何，枉顾伦常又如何，我愿意为了你放弃一切，这些指责对我来说又算得了什么？"

话已至此，涣虞神色微变，藏在袖中的双手紧握成拳。

涣芷熹继续道："可是现在……就算我可以不顾一切，我也没有一定要赖在你身边的理由了。"涣芷熹抹去脸颊的泪，不舍地看向涣虞，"我明明应该是要恨你的，可是现在我却发现我比想象中还要爱你。"

说罢，涣芷熹起身，眼神空洞地看着前方，无力道："我们不要再见了吧，我怕下一次见面，我真的会忍不住想要杀了你。"

05

涣芷熹离开之后许久，涣虞一直呆呆坐在原位。

他看着涣芷熹坐过的位置，自顾自低头道："我也发现，我比想象中的，更爱你。"

忘情

WANG·QING

涣芷熹一出魔宫山，便见樗里夷立于山下的荒原之上，仙风道骨面容在见到她那一刻立即露出欣喜。但涣芷熹却没那个心情跟他一起庆祝。

她淡漠走过，樗里夷立马飞身前来，并拦住了她的脚步。

"让开。"涣芷熹冷冷道。

樗里夷恍若未闻道："公主，你是神界唯一的后代，你不能出事啊。"

"让开。"涣芷熹再次道。她的语气让樗里夷想起东海一战时涣虞的样子。

看来，这二人是生活久了，连行为语气都越来越像了啊。

樗里夷继续道："我可以让开，但是请你告诉我，你要去哪儿？"

樗里夷的话着实问住了涣芷熹，这偌大的天地间她竟不知道该何去何从。见她迟疑，樗里夷立马道："来轩辕山吧。"

涣芷熹抬眉看了一眼他，樗里夷继续道："神、仙二界本同属一脉，你既是神界唯一的后人，我们仙界便不能坐视不管。既然你现在也没有地方可以去，不如就去我们那里暂且安顿下来，以后要做何事，轩辕山也是你唯一的后盾。"

涣芷熹知道樗里夷最后一句是什么意思，她低下了头，沉思了片刻，说："走吧。"

其实涣芷熹同意去轩辕山的理由很简单，只不过因为那里是最没可能遇见涣虞，却又是最接近他的地方。

她可以与他恩断义绝，却无法真正彻底离开他。虽说……他是自己最大的仇人。

涣芷熹一路无言，跟着樗里夷到了轩辕山后她住进了九天殿，随后开始陷入了沉睡。

她似乎是要把这些天没有睡过的觉全部补起来，也似乎是想要靠着睡眠忘记一切。

在梦中，她梦见自己回到了涣虞身边。她依旧是那个一做错事就会撒娇的孩子，而涣虞也还是那个处处容忍她，包容他的好叔叔。

这场梦，她做了许久。

与此同时，因为涣虞清醒，涣芷熹离开，杜若也终于从惩戒狱被放了出来，可是她一出来便接到消息说魔君将她遣回了冥界。

瞿唐是唯一负责执行这项任务的人，回冥界的途中她缠着瞿唐问了许久，瞿唐也没有透露半个字，反而加快了将她送入冥界的速度。见此，杜若也终于放弃了继续追问的念头。

到达冥界的石门前，杜若一反她平常英气果决的模样。她站在瞿唐面前，将自己亲手绣的丝巾面色通红地递给瞿唐："这是我在石室中无聊绣的，你拿着吧。"

瞿唐微愣，他低头看着那块刺着瞿字的方巾，迟疑了几秒之后才接下道："谢谢。"

杜若飞快地瞥了他一眼，而后转身朝石门奔去，她边跑边头也不回地喊道："告诉少主，虽然她没来送我，但我还是会想她的。"

杜若的话音渐渐远去，瞿唐怔怔地看着关上的石门，自言自语道："我也很想她。"

第七章

镜 · 花 · 水 · 月

忘情
WANG·QING

巽扬子从仙界那里得知涣芷熹已经住进了轩辕山，从而推断她和涣虞二人已经撕破了脸皮。她带着满腔期待只身来到魔宫。

此时，涣虞刚刚喝完汤药，正半卧在熹明殿的软卧上。

她走近后故意嘲讽道："涣芷熹走了，舍不得？"

涣虞没有理会她，反而闭眼浅寐。

巽扬子装作没有看见，继续自顾自说道："我听说她去了轩辕山，看来，她已经回归正派了啊。"

涣虞不想再听她的啰啰唆唆，便冷淡道："有事吗？"

巽扬子脸色微变，似有不悦："没事。以前没事的时候我不是也总是来这里吗？"

"可是以前我没杀你的父亲。"

涣虞没有半点遮掩地揭开了巽扬子的伤疤，巽扬子面色痛苦，却依旧隐忍，她压抑着怒火："你不用提醒我想要杀你的理由。"

"嗯。"涣虞淡淡应道，而后翻了个身。

巽扬子又说："涣虞，你为何到现在还是一副趾高气扬的模样？难道你还以为我拿你没办法吗？"

涣虞没有说话，巽扬子继续道："我知道你体内的蛟龙珠破碎了，所以现在你在我面前，不过是个废人。"

涣虞依旧沉默，巽扬子却已经面有不耐，她斥道："涣芷熹现在对你恨之入骨，你何必还要为她苦苦伤心？你就不怕天下人指责你不伦吗？"

涣虞睁开了双眼，却依旧没有答话，可那眸中却已满是怒气。

巽扬子没有看见他此刻的变化，依旧嘲讽地笑了笑，而后挖苦道："对，你不怕，因为你根本就不敢承认。就像你现在明明就躺在她的房间，却连一句你爱她都不敢说出口，你就是个懦夫。"

巽扬子说得气势昂扬，但涣虞只淡淡回了句："出去的时候帮我带上门。"

巽扬子猛然一怔，而后又故意张狂笑道："难道你不想知道是谁告诉了她真相吗？"

听到这里，原本犹如行尸走肉般的涣虞忽然从软榻上坐起，并瞬间飞到巽扬子面前。

涣虞狠狠捏住巽扬子的脖颈，眼底带着破釜沉舟的神色，似是想要结束这一切。

涣虞的反应让巽扬子很是满意，她呼吸困难，却继续道："东海边上，我借了舟乾的定海石镜，让她亲眼看见的……怎么样？是不是帮了你一把？"

说罢，巽扬子兀自笑了起来，那笑容如罂粟花一般妖冶，也如死水一般阴冷。

"对，你应该杀了我……杀了我啊！"巽扬子眼神中没有半点求生的欲望，就在她赤红着双目催促涣虞动手时，涣虞却忽然将她放了下来。

他垂下手臂问道："你知道人间那些无辜的人怎么死的吗？"

巽扬子不懂涣虞此话是何意，她捂着脖子，一边喘着粗气，一边继续看着涣虞等他说下去。

　　涣虞转身走到软榻上："作恶多端的不是我，而是你父亲。如果说我这辈子真的做了什么错事，便是当年没有阻止彦青的死亡。"

　　巽扬子有些不敢相信地看着涣虞，连连摇头道："不可能是我父亲杀的，他又不需要吸食人的精血来练功，他何必做这种毫无意义的事！"

　　"这件事的唯一意义就是嫁祸于我，挑起正魔两派的战争。他不过是想借着楈里夷等人的手来取我的性命，夺取我的蛟龙珠。"

　　"你胡说！"

　　"那你就当我胡说吧，反正此事我也从未打算告诉你。是你逼我的。"

　　巽扬子失魂落魄地看着涣虞，心里一阵发紧。

　　她本以为是自己爱错了人，却不曾想到是自己怪错了人。可是，说到底父亲终究还是死在他的手上，不是吗？

　　巽扬子颓败地从熹明殿离去，再也不曾回头。

第八章

・殊・途・陌・路・

忘情

WANG·QING

❧

01

涣芷熹在轩辕山上一睡便是半个月，期间樨里夷查看了她多次，最后发现她并没有受伤，只是不愿意醒来而已。

樨里夷轻叹摇头，忽然，九天殿外有弟子来禀，说："轩辕宫前正有一女子大闹，自称是杜若，要来寻少主回去。"

"杜若？"樨里夷蹙眉回想着，而后道，"知道了，我就过去。"

话落，便见樨里夷收起了插在涣芷熹指尖的银针，而后往屋外走去。就在这时，涣芷熹却忽然睁眼了。

她说："我和你一起去。"

樨里夷大喜，连忙走回了她的身边，说："公主，你醒了！"

"我叫涣芷熹，不要喊我公主。"涣芷熹淡漠道。

樨里夷连连点头，没有任何不满，可下一秒他又道："公主……"

话才刚刚说出口，涣芷熹便不悦地看向他，他连忙改口："芷熹姑娘，你没有必要和我一起去，你待在这里好好休息，吃点东西会更好。"

对于樨里夷的话，涣芷熹仿若未闻，她自顾自地穿上鞋，然后朝门口走

188

去，道："走吧。"

两人到达轩辕宫殿前时，杜若正被众多仙界弟子团团围住。

她依旧一身碧色衣裙，长发高高扎成一个简单的马尾，手持玲珑剑，清幽地站在众人中心，不慌不乱。

"你来做什么？"涣芷熹蹙眉问道。

杜若刚刚一脸英气的样子，赫然不见，转而变成惊喜道："少主！"

涣芷熹微微蹙眉，但终究还是没有阻挡杜若对自己的称呼。只是杜若刚朝涣芷熹走几步，仙界弟子便朝她靠拢了些。

她停住脚步，不屑笑道："不自量力！"

说罢，便见她挥剑准备动手，可这时涣芷熹喊住了她："你回去吧！我和魔宫已经没有任何关系了。"

"少主！"杜若担忧上前，却见仙界弟子再一次朝她靠拢。

涣芷熹低头，不再看她："走吧。"说罢，她便转身朝殿内走去。

杜若气急，提步就想朝她飞身而去，而一直在阻拦她的仙界弟子也立马做出了反应。

众人将她团团围住，她挥剑就想杀出一条血路。

"不要伤着她。"涣芷熹连忙道。

尽管是在这时她也是自私的。杜若招招致命，可她却让仙界弟子不要伤着她。

樗里夷微微蹙眉，挥手喊停道："住手。"

弟子们停下围攻，杜若也停下了动作。此时，涣芷熹哀苦道："何必呢？"

"少主！"杜若眼中似有泪光，"少主，跟我回去吧……"

涣芷熹转身，不忍与她对视，她沉声道："你走吧，我不会再回去了。"

"他们告诉我你成了神界公主，魔君也成了你的满门仇人，我不信！少主，前两天我从冥界回到魔宫，发现魔君已经搬到了您的寝殿去住了，他整天颓败不已，您当真忍心看他如此吗？"

听到关于涣虞的消息，涣芷熹只觉得自己心尖儿一阵发颤，她故意怒声道："与我何干？"

杜若微愣，涣芷熹继续道："杜若，念在你我主仆多年的情分，我饶你一命，现在命你赶快离开，否则你这魔人，休怪我手下无情！"

杜若呆呆愣在原地，她手中长剑赫然掉落在地，而后，便见她失意跪倒在地。

她喃喃道："魔人……主仆多年……"

涣芷熹察觉到背后的不对，她悠悠转身，却见杜若已经跪倒在地，满面苦笑。

她于心不忍，即刻朝杜若奔去，刚刚说过的狠话瞬间被抛之脑后。

"杜若……"涣芷熹蹲到杜若的面前心疼道，眼眶通红地看着她。

杜若隐忍哭意："少主，你只把我当成属下，我却是将你当成朋友。"

涣芷熹紧咬着下唇，连连点头，她紧握着杜若的肩膀，将她一把抱住，安慰似的说："朋友，是朋友。"

杜若闭眼，将眼眶的泪水忍住："少主，既然你不答应和我一起回去，那我便与你一同留下。"

涣芷熹张嘴便要说好，可话到嘴边又被她生生咽下了。她思索了一会儿说："你还是回去吧，你我二人终究是殊途陌路了。"

"少主……"

杜若的眉毛紧紧狞在一起，然而就在涣芷熹准备再次离开时，她却忽然拉住了涣芷熹将她一把抱住，神色怪异道："少主，既然你我已然对立，那么我做什么你都不会再怪我了吧？"

杜若的话让涣芷熹感到莫名其妙，她想要松开杜若问个清楚，却见瞿唐正远远飞来。靠近后，瞿唐还未站稳便上前一把将杜若拉开。

被突然拉开的杜若没有做好准备，只见她翻身倒地时，先前一直被她藏在怀中的，此刻则正握在手中的短刃，赫然插进了她自己体内。

涣芷熹诧异地看着眼前的一切，根本来不及反应。她匆忙朝杜若飞奔而去，一把将她抱在了怀里："杜若，你……"

杜若面上露出一抹满足的笑，呼吸困难道："对不起少主，当害为了让魔君内忧外患从而收获渔翁之利，以母亲为挟持让我来取你性命，我不得不这样做……"

"杜若……"涣芷熹哭着摇头，似是说什么也不敢相信眼前这一幕。

杜若伸出满是血迹的手，轻轻拍了涣芷熹的肩头，道："对不起啊，以后……不能保护你了。"

涣芷熹拼命摇头，她大喊，"救救她！快来人！救救她！樗里夷，你不是德高望重的仙人吗？求求你，救救她！"

杜若安慰似的笑了笑，而后从口中涌出一口乌黑的鲜血："不用了……短刃上我擦了剧毒……"

忘情
WANG·QING

闻言，涣芷熹泪流满面，她无助抱着杜若，心脏就像被什么狠狠刺穿了一般。从前的一幕幕在她脑海里一一闪过。

从幼年时的第一次见面，到长大些时杜若总帮她背黑锅被涣虞惩罚，所有的一切都在这一刻化为了无限的悲愤，一齐涌进了涣芷熹的胸口。

杜若泪眼模糊，看向了旁边的另一个人。

瞿唐呆呆站在原地，他浑身僵硬，似乎根本就没料到事情会发生的这样快。

杜若口中满是鲜血，她什么话也说不出，她只能用同样满是鲜血的手，隔空摸了摸瞿唐的脸，她用着只能自己才听得到的声音，道："真好，还能在死之前看见你。"

涣芷熹悲恸大哭，瞿唐僵硬着身子步伐走近，他握住杜若的手，眼角的泪，悄悄滴下。

杜若满足地勾起了嘴角，最后又对着涣芷熹说："芷熹，你要好好活着。"

最后一句个话音落下，终于，杜若的手也就此滑落。

她闭上双眼，没有来得及落下的泪水，也在这一刻，悉数落下。

02

"其实这把短刃，本来就是她为自己准备的。"瞿唐怔怔开口，他看着已经香消玉殒的杜若说，"我来这里，不过是因为收到了她要来杀你的消息。"

瞿唐苦笑着开口："关心则乱，我都忘记现在的你是神界公主了，以你的力量，杀她十个杜若都不成问题，怎么可能会被她伤害。"

涣芷熹抱着杜若的头痛哭不已，瞿唐却兀自从她怀中将杜若抱了过去。涣芷熹想要阻拦，瞿唐淡淡说了句："我们现在是魔界的人，而你是天下唯一的神，殊途不同归，就此划清界限吧，免得日后让你落下话柄。"

瞿唐说完便抱着杜若往轩辕山下走去。

他的背影坚毅而又落寞，涣芷熹紧握双拳，内心想要上前与他们一同离开，可又不知该如何迈出那一步。

另一边，瞿唐刚刚离开不久涣虞就来了。

涣芷熹跪倒在轩辕殿前，泪水决堤，见涣虞到来后神色复杂，但她最终还是选择了敌对。

"你……没事吧？"涣虞轻声道。

涣芷熹瘫坐在地面，仰头看着他。她看着那张熟悉的面孔，总觉得下一秒就会忍不住扑进他怀里，然而……她最终战抖着双肩，决定将这份感情深深埋葬。

她落寞起身，没有给予涣虞任何回应，随后朝轩辕殿内走去，可涣虞却轻唤道："芷熹……"

"闭嘴！"他话音刚落涣芷熹便猛地转身呵止道。

涣虞的身体明显一怔，却见涣芷熹继续道："我有说过吧？让你不要再出现在我的面前，不然我一定会杀了你！"

涣虞苦笑，回想起这些日子的难受，他温柔地看着涣芷熹的双眼，淡淡道："那你便杀了我吧。"

涣芷熹转身，利落抽出腰间楛里夷赠予她的轩辕剑，直指涣虞的胸膛。

她赤红着双眸，说："你以为我不敢吗？"

涣虞依旧淡淡地笑着，眉眼温和，他点头："只要杀了我，一切就都结束了。杀了我吧，芷熹……"

"你不要喊我！"涣芷熹忽然大怒，她眉眼凶狠地盯着涣虞，一字一句道，"我觉得恶心！"

涣虞失落，而后他朝涣芷熹走近，说："用你父亲自杀的剑，来杀掉你的满门仇人，这是正确的。"

说话间，涣虞朝涣芷熹越靠越近，他的胸膛与轩辕剑的距离也越来越短，他边走便说："当年，他就是用这把剑结束自己生命，你难道不想为他报仇吗？杀了我了吧，这样对天下苍山也算是有个交代。"

涣虞如魔怔了一般，不停想要涣芷熹对自己动手，大概此刻的他真的以为只要自己死去了，便一定会得到解脱吧。

"你不要逼我！"涣芷熹痛苦摇头，可涣虞却依旧没有停下脚步。

"你父亲，就是死在这把剑上的。"涣虞再次强调。

"他死的时候诅咒了我，让我无法对你下手，不然你也活不到今天。"涣虞愈发大胆。

"涣芷熹……"

涣虞口中的那个名字才刚刚喊出，便见涣芷熹激动道："你不要逼我！"话落，轩辕剑猛地刺入了涣虞的胸膛，涣虞上前一步，使之插得更深。

眼前超出控制的变故吓得涣芷熹一愣，她猛地将手松开。

她惶恐地看着涣虞，刚刚眼角的泪还未擦干，就又浮现了另一波泪水。

而涣虞终于松了口气，他无比温柔地盯着涣芷熹的双眸说："你只是做了你该做的，千万，不要自责。"

话毕，涣芷熹便见涣虞自己用尽身上的最后一丝内力，逼出了插在胸膛的轩辕剑，而后，便轰然倒地。

轩辕剑没有在涣虞的胸口留下伤痕，甚至连一丝血痕都没有。可涣虞面色坦然，深知自己必死无疑。

涣芷熹怔怔走到他的身边，蹲下抱住了他，失神道："你真自私！"

涣虞轻笑，他抬起左手，宠溺地摸了摸涣芷熹："你不知道，其实……我也比我自己想象中的，更爱你。"

听到这句话，涣芷熹的身体猛然一怔，她满是泪水的双眼不敢相信地看向涣虞，摇着头哭喊道："你不能这么自私，你不可以！"

涣芷熹的哭喊还在持续，可涣虞却颓然地落下了手臂。

楂里夷走到二人身旁，他蹙眉看着涣芷熹："轩辕剑，杀人于无声，无伤痕，无药可治，无力回天。公主，节哀吧……"

楂里夷的话让涣芷熹双耳轰鸣，此后，她似乎再也听不到任何声音了。

她抱着涣虞的头，不停哭喊："我错了，涣虞，我错了。我不怪你了，你醒醒，你醒醒……"

楂里夷摇头叹息，可转眼却见涣芷熹逼出自己体内的气血，然后不停往涣虞身上输送。他面色紧拧："公主，你这是……"

楂里夷想要拉开涣芷熹，可涣芷熹根本就听不进任何劝阻，她设下结界，竭尽所能来为涣虞疗伤。

她的脑海忽然出现那晚如风对她说的话，他说："希望你以后也能记住现在的话。"

她那时的话，是什么呢？

是不后悔救他啊。

可是现在，却让他死在了自己手里。

既然如此，当初又为何要救他？

涣芷熹的思绪乱成一团，她不停回想着这一段时间自己经历的所有，心如刀割。

樗里夷最后还是打开了涣芷熹的结界，他连哄带骗地说要帮助涣芷熹救涣虞，涣芷熹半信半疑，不肯放弃一丁点希望。

就在结界打开时，轩辕山的一位长老樗里染忽然上前将涣虞背离了涣芷熹。

此时涣芷熹被樗里夷拉住，她大怒，发动体内的神力就要拦樗里染。

天空乌云滚滚，怪风四起，涣芷熹飞身到了樗里染的身边，出掌将他震出好远。

涣虞终于重新回到了涣芷熹的怀里，她如视珍宝地将涣虞紧紧抱着，唯恐一个不小心他便立马消失了一般。

樗里夷见状终于也不再阻拦，他扶着被涣芷熹伤到的樗里染，道："九天殿乃九天石制造而成，性质醇厚，公主将他带到那里去吧，兴许可以保他最后一丝真气。"

听到此话，涣芷熹连迟疑都没有，转身就往九天殿飞去。

狂风在她耳边呼啸而过，吹得她的脸颊生疼，可她最疼的，却是那颗早已千疮百孔的心。

03

见涣芷熹不顾后果地给涣虞输入真气，樯里夷不忍，劝说无用后只好召来几个师兄弟为涣芷熹护体。

九天阵是轩辕宫内最隐秘的阵法，此法可以守住将死之人的气血，延迟他的死亡。但有因不能彻底救回他人性命，且极其耗费真气，所以这阵法在这千年中竟从未有人使用过。

阵法摆设完毕之后，涣芷熹依旧寸步不离地看着涣虞。樯里夷不忍道："芷熹姑娘，我们虽尽力保住了涣虞最后一口气，不至于让他死去，但是他气数已尽，回天无力了，七天之后，他便会彻底离开……你……"后面的话樯里夷没说话，就当是不愿在看涣芷熹受苦，而涣芷熹也没有给予他任何回应。

见状，樯里夷轻叹一口气与众人离开。在他临走前，他隐隐听到涣芷熹感激开口："谢谢你。"这一声感谢，竟让他有些动容。

问世间情为何物，直教人生死相许。

大部队离开后，现场只剩下涣芷熹和涣虞二人。

此时的涣虞就像是一个安静熟睡的孩子，他面色淡然，面容安稳，呼吸平缓……可是握着他手的涣芷熹却知道，他的脉搏已经停止了，他已经失去了再次醒来的可能。

但尽管涣芷熹很清楚这个事实，可她却依旧无法接受。她甚至想过和涣虞就此长眠也挺好，可是就在这个想法出现的同时，杜若临死前说的最后一句话，赫然出现在她的耳边。

忘情
WANG·QING

"芷熹，你要好好活着。"

涣虞沉睡的第三天，涣芷熹忽然意识到不能就这样什么都不做。她一头扎进轩辕宫的藏书阁，不停翻阅着书籍，她怀抱着一丝浅浅的希望，想要从中找到让涣虞恢复生命力的方法。

可是无解，还是无解。

没有任何一本书中有这样违背天命的记载，涣芷熹在藏书阁中又不眠不休地待了三天三夜后，她终于认命了。

再次回到涣虞身边，他的身体已经开始趋近于冰冷。涣芷熹不停对着他的手心哈气，想要帮他回温，然而只是徒劳。

日子一天天过去，涣虞残留的生命特性也逐渐消失，他与涣芷熹告别倒计时，终于开始……

事情的转机在第七天。当日，轩辕宫来了一个人，涣芷熹以为是巽扬子，本不想理会。可通报的人却说是一个自称"之幻姑姑"的姑娘。听到这个名字，涣芷熹终于又重新燃起了希望。

她道："快快请她进来。"

之幻到达九天殿的第一时间便径直前去查看涣虞的脉搏，可她仔细查探了许久后，终究还是忍泪长叹。

涣芷熹见到她的样子便知一切都已尘埃落定。她不忍去问结果，之幻却开口说话了。

之幻说："你愿意救他吗？"

"当然。"

"哪怕付出你的所有？"之幻审视地看向涣芷熹，狐疑道。

涣芷熹却没有任何迟疑："嗯。"

之幻愣了片刻，而后她又自嘲地苦笑了几声，摇头轻叹道："我本以为我才是这世界上对他爱得最深，最不求回报的那个人，却不想最后败在了你手里。"

涣芷熹没有说话，她定定地看着之幻，又听她道："你上次特意去东海，就应该知道了那里死亡旋涡的下落。它可以带着你们消失于世间，并克制住涣虞体内蛟龙珠的反噬，那么，它也一定可以冻结生命，让他在这世间的时间，无限延长。"

涣芷熹双眼放光，却又听她道："可是，不过只是冻结生命，却根本无法让他再次醒来，你愿意在那无边的黑暗中，一直陪伴他吗？"

涣芷熹没有答话，她只淡然地朝躺在床上的涣虞使出神力，然后将他放在了一个结界之中。她带着涣虞转身就要朝门口走去，她说："这已经是最好结局了。"

涣芷熹说罢便走出了飞天殿，朝那半空飞身而去。

凉风从她的耳边呼啸而过，她不停提速往往东海而去，想要赶在子夜之前到达死亡旋涡，以保住涣虞最后的一点生命力。

之幻呆呆地看着涣芷熹消失的方向，心里一阵怅然。

那晚她亲眼看见布谷鸟对涣芷熹传递消息，得知是涣芷熹要将涣虞逼上与众人在东海决战的时候，她未曾出现。涣虞体内蛟龙珠破碎，生命危在旦夕的时候，她未曾出现。涣芷熹成为神界遗孤，极有可能与涣虞反目成仇的时候，她也未曾出现。

她以为，自己只要在暗处默默地守护涣虞就好了。可是她没想到，涣芷熹当真下了狠手，让涣虞彻底陷入无法醒来的局面中。

而她赶来，是要质问涣芷熹的，可是当她进门后看见涣芷熹通红的双眼，和疲惫的面容，责备的话却怎么也说不出口了。

终究还是涣虞最爱的人，她无法指责她什么，这些，都是涣虞自己愿意的。

白色云朵漂浮在这半空之中，不远处的山顶，已经变成了一片赤红。偶有红色枫叶缓缓落在地面上，带着一丝凉意，宣告着秋天的正式来临。

之幻眼眶积满了泪花，她仰头想要将泪水憋回，可是泪珠却无法读懂她的心思，缓缓一行，顺着眼角，赫然落下。

到了该离开的时候了。之幻想。

涣芷熹到达沧海石的时候，正好临近子时。她气喘吁吁，顾不上休息，就以手为刃划破手心。

月光如清水一般冰凉，静静地洒在微微波动的海面上。涣芷熹毫不犹疑地将手心的血滴在沧海石上。霎时，一声长鸣从远处的海面传来，而后那本算得上平静的海面则立马翻起了大浪。

一只赤红色的精卫鸟从涣芷熹头顶飞过，它的翅膀如火焰一般妖冶壮大，就连爪子也冒着火光的红色。

涣芷熹目不转睛地盯着它，而它头顶几根白色的羽毛，格外显眼。

"精卫鸟，为了救我的心爱之人，我愿意付出任何代价，还请你让我们进去。"

精卫鸟当然不会开口说话，它哀怨而又愤怒地长鸣着，飞过涣芷熹头顶时，还会喷出一道长长的烈火。

涣芷熹见状觉得已经不能再等。她抽出腰间的轩辕剑，飞身来到精卫鸟的面前，打算拼死也要与它决斗一番。

可尽管涣芷熹的神力无比强大，她依旧近不了精卫鸟的身。相反的，倒是精卫鸟扑腾着大翅膀，好像只需一秒，便能将她制于自己的爪下。

然而就在涣芷熹不知该怎么摆脱这精卫鸟时，海面上赫然跃出一条青龙。

它飞身盘旋到涣芷熹的身边，盯着她的双眸道："芷熹姑娘，你往海面的东南方向去，会在那边看见一个巨大的旋涡，你带着涣虞跳进去，不要与旋涡对抗，任由它将你们带走，然后你便可到你一直想去的死亡旋涡。"

涣芷熹怔怔地看着青龙，一时没有想到它是谁。微愣了几秒后她忽然道："舟乾？"

舟乾没有正面回答她，他与精卫鸟周旋了一圈之后，又道："你快去，不要拖延时间了。"

时间紧迫，涣芷熹确实也没有多余力气去问舟乾为何会帮助自己，现在的他，是她此刻唯一能信的人。

04

涣芷熹带着涣虞一路朝东南方向飞去，穿过一座小岛后她便看见了舟乾所说的那处巨大旋涡。

此刻，那旋涡犹如黑洞一般，深不见底。涣芷熹只是稍稍看了一眼，便满是冷汗。

狂风大作，原本清亮的月光忽然变成了赤红色，涣芷熹担忧地看了眼身旁的涣虞，牙关紧咬，双眼一闭，就朝旋涡跳下去了。

天旋地转，混沌不清。涣芷熹不知自己身在何处，也不知自己即将要去往何处，她内心狂躁担忧，却也没有不安，她牵着涣虞的手，心道：就算此刻在这里丧命，也算是此生最大的幸运了吧？

涣芷熹如实想着，而后沉沉昏睡了过去。

待她再醒来时，便发现自己到了一处安静的水洞里。

水洞是由礁石演变而成的，礁石石壁外，则是一片黑色的水域。水洞内，明亮而干净，涣芷熹找了许久也没找到那光亮是从哪里出现的。

她环视了一眼四周，发现水洞之中除了有一株巨大的珊瑚之外，便再无其他。

那暗红色的珊瑚正散发着莹莹微光，珊瑚触角微微波动着，而触角中心则是一处可以容人躺下的珊瑚肉。

涣芷熹将涣虞放到珊瑚内，而后，她惊喜地发现，涣虞本已没有了的脉搏再次重新出现，涣芷熹大喜，她紧紧握住涣虞的手，心中不停地说着：谢谢。

谢谢你，还存在于我的视野内。

谢谢你，还活着。

涣芷熹如是想着，又再一次为涣虞输送真气，就在她感觉到身体越来越虚弱时，忽然发现体内的气息瞬间又全部补满了。

难道没有传过去？

涣芷熹蹙眉想着，挥袖就要再次为涣虞传送，可空无一人的水洞内，却响起一阵说话声。

"你再帮他这么补下去，他就要被你补死了。"

"谁？"涣芷熹警惕查看四周，却没有发现一人。

那声音又继续浅笑道："你总是这样不知道我是谁，我可是会很伤心的。"

"舟乾？"涣芷熹蹙眉问道，不等对方答话，她立马质问，"你到底想干什么？"

舟乾大呼冤枉："我在帮你啊，难道你没看出来吗？"

"帮我？"涣芷熹一声冷笑，"如果想要帮我，就不会对我隐瞒身份。如果想要帮我，就不会把那些人带到东海。如果想要帮我，就不会将定海石镜交给巽扬子！"

话毕，舟乾沉默了。

涣芷熹又冷笑道："心虚了？还说是帮我？"

"芷熹姑娘，我去乌林城是因为那布谷鸟带着你的鲜血到了我东海，引起东海大乱，为了证实你的身份，我便特意去寻你，但被涣虞识破，只好先行撤回。把那些人带回来……也只是想要确定我心中猜想。而定海石镜被巽扬子借走，是因为我也想让你看清涣虞的真面目，从此远离他，仅此而已。从始至终，我都未曾想过伤害你。"

"可是你还是伤害了，不是吗？"

舟乾又是一阵沉默，见涣芷熹不再说话，他叹了叹气，暗自说道："所以我想弥补啊……"

涣芷熹没有听到这句话，她神色担忧地看着涣虞，仿佛再也听不见任何话。

　　涣芷熹在死亡旋涡中不知守候了涣虞多久，她没见过日升月落，也没见到过暴雨晴天，她就像一个被关在黑布笼子里的鸟，永远看不见光明。

　　舟乾一直透过定海石镜看着旋涡内的景象，当他再次看见涣芷熹不听劝告，又将自己的气血往涣虞体内输送时，他再也忍不住了。

　　他道："你这样对他根本就起不了任何作用的，反而是你，死亡旋涡对你的补给跟不上你输送出去的速度，很快你就会耗尽气血而亡。"

　　舟乾的怒意显而易见，可涣芷熹却没有心思与他发生争吵，她只淡淡道："上次他没有醒来的时候，我就是这样救的他。所以现在这样他也一定可以醒过来的。"

　　"你的气血的确可以为他疗伤，可是你别忘了，那个时候他只是受了重伤，并不是一个死人！"

　　舟乾说出死人二字的时候，涣芷熹猛然怔了怔，可随后她又当成没有听到一般不再理会。

　　舟乾蹙眉，继续道："而且，上次他能醒来，好像也并不是因为你耗尽气血救得他，而是给他服食了龙血藤，不是吗？"

　　"对！龙血藤！"涣芷熹似乎像是想起来什么似的，她仰头四处张望着，似乎在寻找舟乾，"你告诉我哪里还有龙血藤，我去找！"

　　"龙血藤是在蛟龙珠破碎的时候才会出现。先不说你能不能找到它，可就算你找到了龙血藤又怎么样？现在你的涣虞已经是个死人了，如果不是这死亡旋涡维持着他最后一点真气，他早就成了那亡魂了。龙血藤？呵呵……你当真以为龙血藤是让人死而复生的灵药？"

　　舟乾的话像是一记铁锤，狠狠敲打在涣芷熹的心上，她颓败地低下了头，而后淡淡地笑了。

她摇头，轻声道："没关系……如果他真的不能醒来，我也不做无用功了，我就在这里陪着他，永远陪着他。"

涣芷熹说着，又伸手轻轻摩挲着涣虞的脸颊。

她的指尖轻轻在他眉眼停留，她似乎在期盼，期盼着下一秒涣虞就会睁开双眼，将她温柔拥住说："芷熹，我做了个很长的梦。"

舟乾看着似乎已经魔怔了的涣芷熹，心中一阵不忍。此时，离涣芷熹进入死亡旋涡已半月有余，涣芷熹整日陪伴在涣虞身边，却不知这天下已是一片大乱。

巽扬子听说涣芷熹亲手杀了涣虞之后便来轩辕山寻人，可无论她怎么闹腾，樗里夷都只有一句话，他也不知道二人去了何方。

巽扬子以为樗里夷在骗她，于是大怒之下发动了灵界和仙界的战争。樗里夷无奈应战，却因旧日情面无法对巽扬子动手。

两派在巽扬子发起进攻，而樗里夷只是一味防御的战了一场后，便一直呈对立面。既没人握手言和，也没人再次开战。

另一方，梁丘伯熠无意间得知人间那些无辜的百姓都是巽封与所为，顿时怒火上头，鲁莽带兵来到灵界山下。可巽扬子却只是稍稍挥了挥长袖便将梁丘伯熠捆住，让他无法动弹。

她道："就凭你这凡夫俗子，又是找魔界决斗，又是找灵界报仇的，你是何来的自信觉得樗里夷会一直护着你？"

梁丘伯熠大怒，却无法奈她何，此时，巽扬子又道："做人最重要的就是自知之明，没有那个能力就不要起那么大的心。好好在人间做你的君主

第八章 · 殊途 · 陌路 ·

205

便是，带着军队你征我伐，最后受苦的，不都是魔界中人或者我灵界中人吗？"

如果说，前面的话梁丘伯熠是当成了嘲讽，那么最后这一段话，他便是认认真真听了进去了。

所谓一句惊醒梦中人，他回头看着跟着他东奔西走的军队，一时陷入了沉思。

难道，真的是自己做错了吗？

可是，在最开始的时候，他明明只是想替人界讨回一个公道啊。

梁丘伯熠最后离开的时候，灵界没有出动一兵一卒，巽扬子看着努力想要成为一个好君主，却总是弄巧成拙的梁丘伯熠，心中的嘲讽也尽然消失了。

第九章

·扭 转 · 天 意 ·

01

身在死亡旋涡中，不知外面世界到底发生了什么的涣芷熹，一心陪伴着涣虞。

在这过去的时间里，舟乾曾多次问她“你真的打算就这样一直陪着他吗？”

每次涣芷熹的回答，要么就是个淡淡的“嗯”字，要么就是沉默。

其实舟乾也不想这么关注她，只是她落到如此地步，怎么说也与自己有关，于是在纠结和矛盾之中，他也算是全程见证了涣芷熹固执的情意。

他开始有点同情涣芷熹了。如果说之前所做的一切不过只是为了满足自己的好奇心，不过是因为涣芷熹特殊的身份的话，那么此刻，他是真的有些同情她了。

他想起多年前也如此待过自己的一个姑娘。那时的他，年少轻狂，所以在危险来临的最后一刻，他仍觉得自己有能力去扭转。

可事实上，当蛟龙族的长矛狠狠刺向他的胸口时，他却只能眼睁睁看着自己最爱的那个女人，奋不顾身挡在了他面前。

他无法怪罪任何人，主动向蛟龙族挑起战争的是他，野心勃勃的也是他。所以现在，她为他而死在对方的长矛下，他不能怪罪任何人。

他能怪的，一直只有自己。

从那之后，舟乾就一直深居隐出，不过问人间世事，也不参与天地纷争。可是这次，他没想到，不过是因为自己的一次好奇，就让涣芷熹陷入如此地步。

说到底，他还是愧疚的。

于是在许多个深夜辗转反侧后，他终于在纠结中艰难地下了个决定。他决定告诉涣芷熹，一个关于她身份的最大秘密。

那日，他再次问了之前的问题，他说："芷熹姑娘，你真的准备就此一直陪着他吗？"

"嗯。"涣芷熹这次没有沉默。

"就算你们这辈子不老不亡，看不到尽头，也要陪着他？"

"嗯。"

涣芷熹毫不犹疑地决定让舟乾再次陷入了沉思，片刻后，他透过定海石镜向涣芷熹说："好吧，我告诉你有什么方法可以救他。"

舟乾的话猛然敲醒了涣芷熹，她立马抬头环视四周，就在舟乾以为她要问些什么的时候，却见涣芷熹又重新低下了头，她浅笑着，淡淡道："其实也不重要了，现在和他这样也挺好的。世间如此纷乱，不回去也罢。"

这次是舟乾急了，他道："你宁愿一辈子待在这看不见天日的旋涡里？"

"只要有他，我在哪儿都无所谓。"涣芷熹握着涣虞的手，满足道。

舟乾忽然垂下了手臂："也好，反正世间也没你牵挂的人了，巽扬子因为找不到你们两个堕成魔灵，四处屠杀各界，扰得人心惶惶，这好像也与你没有关系。"

舟乾说完，便见涣芷熹的神色微动，他继续道："只要你觉得开心就好，那你就一直在这里逃避吧，瞿唐因为找不到你们二人，所以暂时接替了魔界，此时也快分崩离析了。我听说……魔宫是涣虞这一辈子的心血，对吧？"

舟乾没有极力劝说，只是说了些他知道的各界情况。可就是这几句，直戳涣芷熹的心窝，让她改变了想法。

"你说，到底怎样可以救他？"

舟乾满意地点了点头，可下一秒他又陷入了纠结的担忧当中。一会儿，他悠悠道："古籍中曾记载：置换时间，非神界之人不可为。以七灵护体，心血抹镜，便可为之。"

"置换时间？"涣芷熹不敢相信地问道。

"嗯。"舟乾顿了顿，向涣芷熹解释说，"需要七颗灵珠护体，再用轩辕剑取你的心头血抹在定海石镜上，便可置换时间，回到当初你对涣虞举剑的前一秒，可是……"

"可是什么？"

"可是因为是用你的心头血来违背天命，你每回去一秒，你的神力就会消失一分，直到……你神力用尽。"

"如果神力用尽了，我还没有到达我事先设定的时间点呢？"

"那你便会彻底消失在这个天地间，无魂无魄，无姓无名。没人记得你，而已经发生的事情，也不会有任何改变，只是你不在了，与你有关发生过的一切事情，都会变成另一个过程，只是结果不会变而已……"

涣芷熹愣在原地，心下无比伤感。

她到现在依旧不清楚自己的力量到底有多强大，也不确定置换时间后会不会真的能救回涣虞。而且就算救回了涣虞，她又该以何种姿态来面对他呢？

涣芷熹烦闷地想着，而后下了一个决定。

"我要怎么从这里出去？"

问话一出，舟乾便知道涣芷熹已经拿定了主意，他轻叹道："你决定要冒这次险了吗？"

涣芷熹鉴定地看向涣虞，点头道："嗯。"

舟乾轻轻蹙眉，不知为何，他忽然有些后悔将此事告诉涣芷熹了。

又思索了一会儿，他终于开口："珊瑚背面的礁石石壁上有一个机关，你仔细找找，看有没有什么发现。"

舟乾也没进过死亡旋涡，所以他知道的这些也不过是从前他在精卫仙座那里听来的。

涣芷熹跟随他的提示，在石壁上搜寻。她伸手触摸着石壁，找得认真时，却不想被那石壁上的砂砾划破了手指。

血色沾染上了石壁，不过瞬间，便见那石壁轰然翻开，而涣芷熹也在眨眼间被卷入了海水之中。

她一个没站稳在海水中翻滚，可这一次却没有进来时的眩晕和无措。涣芷熹清楚地看见自己在一个巨大的水泡中，正而水泡正平稳从黑色旋涡里缓缓升起。

涣芷熹刚刚升到海面，便听见远处精卫鸟长鸣飞过，它呼啸着就朝涣芷熹扑来，而涣芷熹也正准备与它大打一仗，却不曾想她直接被精卫鸟抓上了天空。

海水与天空远远汇成一条线，秋天的海面，海风已经越发的寒冷起来。涣芷熹不由得缩了缩脖子，在精卫鸟将她往那陆地上一放，她哈出一口白气。

02

"不知道轻点儿啊……"涣芷熹不满地揉了揉屁股，而后嘟囔道。而那只比她人还高的精卫鸟则笔直地站在她的面前。

精卫鸟低头，用尖嘴轻轻啄了啄涣芷熹的鼻尖，以示友好。起初涣芷熹还有些不适应，可当她伸手摸向精卫鸟的羽毛，看见精卫鸟顺从的样子时，心中顿时划开了一片柔软。

"你叫什么？"涣芷熹自顾自地问着，丝毫不在意精卫鸟是否能听懂她的话，"既然你浑身上下这么红，那我就叫你小红吧？好不好？"

涣芷熹说完，便见精卫鸟扑腾了几下翅膀，朝着天空长鸣了起来。涣芷熹偏过头，又伸手摸了摸精卫鸟的羽毛，问道："不喜欢？"

她话音未落，精卫鸟有些不耐地蹬了蹬爪子，涣芷熹蹙眉："那我也想不出更好的名字了。"她无奈地看了眼精卫鸟，"你继续守护这里吧，我要去做正事了，乖……如果我下次回来，你可别不记得我了啊……"

　　涣芷熹浅笑说着，拍了拍屁股纵身一跃，可当她刚刚升到半空之中时，却见那底下的精卫鸟一声长鸣，朝自己低头冲来。

　　"啊？小红！"涣芷熹看着离自己越来越近的巨影，一阵惊慌，就在她下意识闭眼，以为自己要被精卫鸟撞的掉落下去时，却忽然感觉身体一轻，待她再次睁眼，便见自己已经坐到了精卫鸟背上。

　　精卫鸟的翅膀呼呼扇着，涣芷熹看着一闪而过的景色，只觉得一阵新奇。

　　以前自己飞行的时候就觉得太累了，一直站着，还不能放松半点精力，此刻她有了小红这个日行千里的座驾，去哪儿都不成问题。

　　不过两三个时辰，涣芷熹就到达了灵界。她站在灵宫门外，手持轩辕剑，一步步上前，直逼灵玄阁的大门。

　　灵界弟子皆是满眼警惕地看着她，却又无一人敢轻易上前。忽然，一只七色布谷鸟从不远处飞来，落到涣芷熹的肩头。涣芷熹一笑："你怎么来了？"

　　"这话应该是我问你吧？"布谷鸟尖细着嗓子惊喜叫道。

　　涣芷熹猛地偏了一下头，笑说："我现在有正事儿，先不和你玩儿了，你先去找小红玩会儿。"

　　"小红是谁啊？"

"就是那只东海精卫鸟啊，我把你说它是悍妇的事情告诉它了。"

"不要不要！你怎么把它也带来了！不要！"布谷鸟万分排斥，可涣芷熹却见她径直朝着灵宫宫外飞去。她淡淡一笑，神色温柔。

此时，巽扬子也已出现在灵玄阁大门前，她怒意丛生地盯着涣芷熹，一副居高临下的模样。

"稀客啊，你不是消失了吗？"巽扬子嘲讽地说道。

涣芷熹闻言未怒，她只是将手中的轩辕剑收进剑鞘，转而朝巽扬子低声说道："我有事拜托你，可否单独一叙？"

听到这话，巽扬子像是听到了什么笑话一般，她捂嘴大笑："拜托我？"巽扬子说着，又挑了挑眉，"那你求我啊，跪下求我。"

巽扬子的双目似乎可以滴出血来，这些天来她发的疯，做的事，积累的愤怒，在这一刻全部涌上心头。她暗暗发誓，一定要将这些全部发泄到涣芷熹身上！

她本想看看涣芷熹屈辱的神情，或者她的抗拒，可她料错了。涣芷熹连眼睛都没眨，扑通一下就朝她跪了下去。

巽扬子微微一愣，又听涣芷熹道："求你，和我单独聊一聊。"

巽扬子看不惯她连下跪都如此理直气壮的样子，冷声一哼道："你不是这天下唯一的神吗？来啊，让我看看你的力量，让我见识见识你到底有什么本事，让这天下人都伏拜在你的身下！"

巽扬子说着就飞身前来，她灵力大动，对着涣芷熹的头顶就是一掌。涣芷熹退身而躲，没有丝毫惊慌。

其实在涣芷熹来这里之前就做好了准备，她早料到此行不会轻松。而她也本可以不闪不躲，任由巽扬子发泄怒火后，再求她大发慈悲安心听自己说话。

可是置换时间她需要神力和体力，她必须要保护好自己。

涣芷熹想着，脚下躲避的动作也渐渐加快了些。而后只见她转身一拉，便将巽扬子的水袖反手系了个结。

巽扬子被自己的衣袖缠绕住，恼怒不已，就在她更加愤怒地准备挣脱水袖的缠绕，对涣芷熹出手时，却听涣芷熹道："我找到救回涣虞的办法了。"

闻言，巽扬子猛然一怔，她呆呆站在原地，不再有所动作。片刻后，她道："他还活着？"

涣芷熹点头："嗯。而且我已经找到了解决办法。"

"我为什么要相信你？"巽扬子思考片刻后，又狐疑道。

涣芷熹也不答话，她轻轻闭眼，而后像是对什么不存在的东西说话一般："回来。"

巽扬子眉头紧皱地看着此时的涣芷熹，像是在看着什么怪物。正当她以为涣芷熹是疯了的时候，天边忽然出现了一只赤红色的精卫鸟，它巨大翅膀的下面，还倒吊着一只毛茸茸的七彩小肉球。

"哎哟！"布谷鸟实在没有力气再抓住精卫鸟的羽毛了，它惊叫着就从精卫鸟的翅膀下掉落，随后落在了巽扬子手心里。

"王……"布谷鸟惊叫道。

第九章

扭·转·天·意

215

巽扬子眉眼一簇："怎么回事？"

"都怪这悍妇！每回见到我都要啄我，我害怕，就躲到它羽毛底下了。"

"它是东海的那只精卫鸟？"

"是啊。"布谷鸟说着又不示弱地朝精卫鸟咕咕叫了两声，而后它停在巽扬子的手心，说，"听精卫说，那魔人就在它的死亡旋涡里，尚存一口气！"

"还有，精卫好像被这傻丫头收服了，竟然变成她……"

布谷鸟叽叽喳喳地说着，巽扬子却微微发愣，什么都听不进。她将手中的布谷鸟往那半空一抛，而后对着涣芷熹道："跟我来。"

03

涣芷熹跟在巽扬子的身后，一路无言。直到二人到了灵玄宫的暗阁后，涣芷熹突然朝巽扬子跪了下去。

巽扬子眉头紧皱，眼神冰冷，她道："说吧，要我怎么帮你？"

其实涣芷熹本没有料到巽扬子会这么干脆，她本以为巽扬子恨透了涣虞，所以就算她心中还对他留有残念，也不会那么快就答应相助。

她本就做好了被巽扬子刁难的准备，现在这样，她倒不知该怎么开口了。

"说话。"巽扬子再次冷冷说道。

"我要置换时间，回到那日我与他对战时。"

"什么？"此时的巽扬子当真是以为涣芷熹疯了，她不敢相信地看着涣芷熹，再问不出一句话。

涣芷熹仰头，认真地看着巽扬子："既然已经无力回天了，那我就回到剑指他的前一秒，彻底阻止这件事的发生。"

巽扬子平复了下自己的心绪，顿了顿道："这根本就是不可能的事！"

"不管能不能成功，我都要一试。"

巽扬子沉默，涣芷熹却弯腰朝她磕响了头，她道："这是唯一的办法了，求你帮帮我，救救他。"

巽扬子长呼一口气："你要我怎么做？"

"我要七颗灵珠。"

涣芷熹的话一落，便见巽扬子叹气闭眼，片刻后，她沉声道："你知不知道，灵珠是护我灵界安好的唯一宝物，那是我族每届君王圆寂时真身留下的遗物。这千万年来，一共就九个君王，第八个是我父亲，被涣虞打得灰飞烟灭。我是第九个，但是我的灵珠早就给了涣虞……"巽扬子说着，又忽然停下，她顿了几秒后道，"涣虞给了你。"

涣芷熹抱歉低头，巽扬子继续道："你现在开口就要七颗，那我灵界的安危，谁来守护？"

"拜托。"涣芷熹也不说其他话，她只坚定地说着这一句。

巽扬子面色为难，她迟疑了许久才道："我可以将灵珠给你，但是你要保证，时间置换之后，涣虞要娶我。"

话毕，涣芷熹猛地抬头，巽扬子却不慌不忙继续道："我灵界现在被天下众人仇视着，既然灵珠不能守护我灵界了，那与魔界联姻，得到涣虞的庇护，则是我灵界最好的选择。否则……你还想让我用全族的性命来帮一个得不到任何回报的忙吗？"

巽扬子的话不无道理，可涣芷熹听后内心还是不由得感到一阵刺痛。

她低头沉默了许久，说："好。"

巽扬子最后还是将七颗灵珠给了涣芷熹，可当涣芷熹弯腰感谢时，巽扬子却冷冷走开，道："要谢也不是你来谢。"

涣芷熹拿到灵珠后没有立马就回到东海，而是来到了魔宫，回到了那个熟悉而又陌生的地方。

此时瞿唐有事不在，涣芷熹去惩戒狱看了烈吞后，又去了地魔塔来和如风告别。

她飞身进入地魔塔内，见如风正负手而立，轻轻叹了口气道："有什么烦心的事扰着你？"

如风仰头，看着那半空不停滚动的水球，没有回头："我第一次见你的时候，你还睡在水球之中，你躺在襁褓里，咿咿呀呀的，开心极了。"

涣芷熹走到他的身边，与他一同看向那水球，她浅笑道："然后呢？"

"然后你就忽然长大了，第一天是一岁的样子，第二天就成了两岁，那天我在逗你的时候，你忽然就咯咯地笑了，你从水球中坐起，我想把你抱出来，可是刚一伸手就被震得老远……"

"我小时候就这么厉害啊？"

如风笑道："可不是你自己厉害，是涣虞特意在你身上设下了封印，不允许任何人靠近，而且也禁锢了你的神力。"

"你知道了？"涣芷熹微怔。

如风轻笑，朝墙壁的石壁画努了努嘴："所有的事那里都有，只是我在看着你们的时候，你们都看不见我。"

涣芷熹微愣，如风又接着刚刚的话继续道："那封印必须在你还是婴儿的时候就放在你身上，然后经过这净水球近千年的滋养，才能真正做到无人察觉，除非是你自己冲破封印……而且，距离神魔一战千年后，你再重现人世也就不会有人怀疑你了。"

听到如风的话，涣芷熹心口一阵刺痛。

原来，涣虞将自己锁在这里的真正原因竟是因为这个……

如风见状，低头看向她道："你不要怪他，他也只是为了报仇。当年神族忌惮涣虞父亲的力量，联合五界前来攻击魔界，那时涣虞贪玩，我还是个小不点儿，他便总是跑来南海同我玩。幸好那天他在蛟龙族，不然现在也不会有他，这世间，也不会有魔界。"

真相披露，涣芷熹张了张嘴，一句话也说不出。而如风也不再打扰她，只是轻轻拍了拍她肩膀，走到了壁画旁。

片刻后，涣芷熹难受道："你不是恨他吗？为何还要帮他说话？"

如风苦笑着摇头："我已经没了亲人，这天下只有他一人与我有血缘关系了。什么恨他？不过只是想找个活下去的理由，只是想找个发泄口，让自己不再孤单而已。"

涣芷熹眼眶湿润，她用力松了松发紧的喉咙，如风又道："那日我问你，救他会不会后悔，现在你的答案呢？"

涣芷熹摇头，走到如风身边席地而坐："就算我刚知道真相那会儿，我也从未恨过他，所以，救他是我一定会做的事，没有什么后不后悔。"

如风浅笑着点头："那你就去做吧，我在这里等你回来给我报喜。"

如风这话一出，涣芷熹便清楚他什么都知道了。

她轻轻点了点头："谢谢你。"

"什么？"

"谢谢你陪伴了小涣芷熹那么久。"

如风嘴角上扬，他侧头看着涣芷熹灿烂地笑着，伸手捏了捏她的脸："我的乖鱼鱼，现在倒是真的和我生分了。"

涣芷熹无奈地笑了笑，然后没好气地拍掉了如风的手。

和如风告别后，涣芷熹便准备往东海奔去，可就再她刚从地魔塔里出来时，却见瞿唐正在塔外等候着她。

"回来了？"瞿唐似乎苍老了许多，他看着涣芷熹轻声说道。

涣芷熹点了点头，说："杜若……"

"送回冥界了，与她父亲葬在同一处。当害已经被我扔进了惩戒狱的第十八层，永世不得翻身。"瞿唐说这话的时候表情十分淡然，似乎是在说一件很无关紧要的事。

"那冥界现在是……"

"彼岸鬼君做主。"

涣芷熹放心地点点头，而后又抬眼看向瞿唐，轻叹道："瞿唐，你好像……有些不一样了。"

"嗯。"瞿唐没有否认，"你也是。"

涣芷熹无奈地扯了扯嘴角："好像只在一瞬间，大家都变了，可是我一点也不喜欢这样的改变。"

"嗯，我也是。"

瞿唐说完涣芷熹又沉默了，他迟疑道："魔君……"

瞿唐话还没开始问，便见涣芷熹强颜欢笑地扯着嘴角，故作轻松道："我一定会把他带回来的，相信我。"

瞿唐蹙眉："如果将他带回来，你要付出什么代价的话，我相信魔君是不会同意的。"

好朋友就是好朋友，就算对方什么都知道，也可以一句就说到你心底最柔软的地方。涣芷熹觉得眼中一阵酸涩，她低下头，毫不在意道："哪里需要什么代价！你想多了。"

瞿唐没有答话，片刻后，涣芷熹闭眼，凝神唤来了精卫鸟，而后她看向瞿唐，张开了拥抱，说："抱抱我吧，以后还不知道能不能见面。"

这句话的最后几个字，瞿唐分明听出了一丝战抖。他忽地喉咙哽咽，上前一步将涣芷熹的头摁在自己的怀里，沉声说："少主，你要好好的。"

"嗯。"涣芷熹点了点头，"你也是。"

04

涣芷熹回到东海的时候，舟乾也自告奋勇地和她一起进入了死亡旋涡。

忘情
WANG·QING

二人坐在死亡旋涡水洞的中心，七颗灵珠盘旋在头顶，发出耀眼的光芒，定海石镜已被舟乾刻上了时间点浮在二人中间，涣芷熹手持轩辕剑，面色凛然。

"准备好了吗？"舟乾问道。

涣芷熹点了点头："嗯。"

话落，她忽的扔出轩辕剑，将剑头直指自己的心口。她眉头紧蹙，稍稍发力后便见轩辕剑赫然朝她飞去，穿过了她的身体。

与此同时，她冷汗急出，盘腿而坐的她几乎就要晕厥。

"芷熹姑娘！清醒点！"舟乾大喊道。

涣芷熹咬咬牙，尽力忽视心口的刺痛，被轩辕剑逼出血液，则随着剑身慢慢流向定海石镜。刹那间，石镜光芒大作，整个旋涡开始剧烈摇晃着。

只是他们不知道的是，死亡旋涡的外面此时也波涛汹涌。

山崩地裂，狂风大作，都一一朝世间袭去。

定海石镜被血染成夺目的赤红色，涣芷熹头顶七星连珠，幻化出一道亮眼的色彩，舟乾用尽毕生修为为涣芷熹护体。

他早就料到天地间会有如此巨变的场面，虽说双手有些战抖，但面色却依旧沉稳。

不知过了多久，涣芷熹的身体终于停止了撕裂般的疼痛，然而她刚想喘口气，却赫然发现自己的身体再次陷入了一阵白光之中。

耳边呼啸而过的异响，震动着涣芷熹的耳膜。她的双眼无法睁开，身体也无法动弹，她陷入了一个时空怪圈之中。

她似乎是在里面受尽了折磨，可她却无法呼喊，也无法退出。

"涣虞……"涣芷熹心中一直坚定地喊着这个名字，不知是想要唤醒沉睡之人，还是给自己鼓励，又或是为即将面对的场景而祈祷。

不知过了多久，涣芷熹已经痛到麻木，待她慢慢睁开眼时，却见自己正手持轩辕剑，厉色对着一脸疲惫的涣虞。

成功了……

眼前的画面险些让涣芷熹痛哭出声，同时，她喉间蓦地涌上一阵惺甜的血腥味，她紧闭这双唇，暗自隐忍。

"你父亲，就是死在这把剑上的。"涣虞开口说道，"他死的时候诅咒了我，让我无法对你下手，不然你也活不到今天。"

听着涣虞的话，涣芷熹感到无比熟悉，她眼见涣虞离自己越来越近，而后像受惊了般连忙收起了手中的长剑。

她转过身，忍住想要朝他飞奔而去的冲动，淡淡道："你我本是仇人，现在恩怨两断，再无瓜葛。"

涣芷熹说罢，就要朝轩辕宫内走去，可她刚刚踏出一步便觉得两眼发黑，浑身无力。

"芷熹……"身后传来涣虞心碎的呼唤，可涣芷熹却依旧强忍着没有回头。

她咽下喉中就要喷发而出的鲜血，继续前行。

"你当真，要与我，恩断义绝？"涣虞忽然开口。

涣芷熹眼眶有泪，她顿了顿脚步，终究还是没有放任自己想要拥住她的冲动。

　　所有的恩怨纠葛，似乎就此尘埃落定，而他们……也不会再有任何交集了吧……

　　涣芷熹苦笑地想着，眼眶中的泪水也变成了血红色。

　　樗里夷站在轩辕宫门前，担忧地看着涣芷熹，他上前想要说些什么，却见涣芷熹双腿一软，晕倒在了自己面前……

尾声

·天涯陌路，各自为安·

﷯

从前，我从未想过要离开你。

现在，我从未想过要和你在一起。

我们最终还是，倦鸟归栖，各自认命。

这块大陆的深秋已经席卷而来。

魔宫山上，漫天的黄叶纷飞而落，素冷的白霜凝结在枯木枝头。

涣虞裹着素白的袍子站在修冥殿门前，他朝远山遥望着，似乎在等待着
何人归来。巽扬子长发倾泻在肩头，身上是一袭冰蓝色的绒袍，她朝涣虞走
近，担忧道："风大，进屋吧。"

闻言，涣虞面上没有丝毫的情绪起伏，他淡淡转过身，任由巽扬子扶着
自己的臂膀朝屋内走去。

那日，涣芷熹晕倒在自己眼前时他也顿感喉间一阵腥甜，几乎是在同一
时间，他与涣芷熹一起倒地。而当他再次醒来时，便发现自己已经到了魔
宫，而说着要与他再无瓜葛的涣芷熹，也从此了无音信，消失于茫茫天地
间。

他想过去寻找，可是又怕涣芷熹回来时会见不到自己。

他想将世间扰的天翻地覆逼涣芷熹自己出来，可不知为何他的身体一日不如一日，纵然他有如此狠心，但也终究是没了这能力。

最后，他选择了等待。

在这块涣芷熹已经生活了近千年的魔宫里等待。

其实他也没想过等到涣芷熹后两人又会怎样。他们之间背负了太多条人命和太多人的情谊，他无法逾越这条鸿沟，也无法真正放弃。

他还记得瞿唐向自己请辞的那天，笔直站在自己面前，就如涣虞第一次遇见他时那样，英勇而硬朗。可唯一不同的是，那时的他浑身戾气，此刻的他，一身颓败。

瞿唐要离他而去了。涣虞不知道他要去哪里，瞿唐自己也不知道，他只说："魔君，我与你并肩而战千年，我将你视如兄弟，视如我唯一的家人，说来……我不该在这种时候离开你。可是我没有办法，在这魔宫里的每一日，每一时刻，每一分，每一秒，我都觉得自己快要死了。我无法不想念她们，也无法忍受变化太快的现状。"

涣虞没有挽留，而是点头说："一路顺风。"

或许，这世间的事都该是这样，无法面对，便只有逃避，逃避不了，才会不计后果选择面对。

涣芷熹是这样，涣虞是这样，瞿唐也是这样。

自始至终他都从未说出过自己的心声，可是他知道，涣虞明白，或许，涣芷熹也明白。

让涣虞觉得意外的是，本以为会在第一时间就离开的人，却没有离开。

涣虞将如风从地魔塔里放出来的时候，如风一脸不悦。他悠悠朝修冥殿走去，一脸不悦地问："我走了睡哪儿？吃什么？像你这种人，就该我一辈子缠着你，折磨你。"

事实上如风根本就没有给涣虞添任何烦恼，他接替瞿唐的位置，掌握着魔宫上上下下，并且还打理得井井有条。所有人都说他会是新一代的魔君，可他自己却说千万不要给他戴高帽子，不然到时候他想离开就不那么洒脱了。

巽扬子是涣虞醒来后看到的第一个人。她言笑晏晏，不说一句话，只是悉心照顾着他。

他说要去涣芷熹时她没有阻拦，他说要等涣芷熹时她也随他去。

日子久了，待他身体慢慢好转，她才悠悠开口道："下盘棋？"

其实他应该是要感谢她的，没有她的话此刻的他应该是醉生梦死，宛如行尸走肉。

虽然他现在，也与行尸走肉没有区别。

涣虞常常会想，其实这世间最大的不甘，不是你我对立而站，互相为战。而是我们都未曾勇敢跨越阻隔彼此的界限，从此天涯陌路，各自为安。

时间过了一年又一年。冬日白雪，夏日秋蝉，涣芷熹都未曾回来过。

只是这苍凉天地，依旧在流传着关于她的故事。

传说，东海深处有一名叫"死亡旋涡"的地方，那里住着这世间唯一的神……

番外

·瞿

唐·

忘情

WANG·QING

❧

其实，我本不是人，而是一把戟。

两千多年前，一个名叫涣游的人来赤火焰谷找我。

那日他跟我说，他要带着我征战天下，给她最爱的女人一个家。

我心动了。

因为我时常会听到路过的火烈鸟同我说诉说关于家中的烦忧事，可是我从未见过家的样子，于是我心甘情愿从那个待了很久很久的赤火焰谷里出来了。

我看着他从蛟龙族带回一个女人，模样看起来极其温婉，可面对追出来阻拦她的兄长时，她又是格外决绝。

那时我大概知道了，所谓的家，应该就是两个肯为对方冒天下之大不韪的人走到一起才会有。

涣游因为我的帮忙而声名鹊起，他成了魔界的王。

可是蛟龙族的人却依旧不肯接受他。

他跟我说，大概是因为他还不够强大，所以他要更加强大。

从那天开始，涣游，就不再是涣游了。

他成了一个对强大执着的人。

他曾经带回来的那个女人告诉他，如果有人打破了这世间所谓的平衡，便一定会有人起异心。既然以后会沦落到万人围攻的地步，不如就到此为止。

涣游笑她妇人之心，我也觉得岂有这个理。

可是后来，事实证明，她对了，我们错了。

那女人为涣游生下一个孩子，名叫涣虞。

我总觉得这个名字不太好，"虞"，尔虞我诈的那个虞。

可是涣游觉得因为他们的姓是"涣"，是离开、分散的意思，所以他为孩子取名的意愿，是想让他远离欺骗，仅此而已。

可是美好祝愿，又怎会敌得过神界诅咒。

神族带着其余四界来犯时，涣游正在鬼蜮宫练功。他双目赤红，嘴唇乌黑，披头散发的模样犹如一个走火入魔的疯子。

对，是疯子。

他带着我开始疯狂杀戮，似乎此刻在他眼里已经没有什么能比他打败所有人更重要了。

在他完全沉浸在杀戮的乐趣当中时，神族的大皇子告诉他，他最爱的那个女人死了，死在自己的刀下。

我看见了他眼中的慌乱，看见了他眼中的悔恨与无措。

他真的疯了。

他将我扔下，只身疯狂往魔宫山上跑去，可就在这一刻，我看见了大皇子将手中的刀挥向了他。

他倒下了，在我的面前，在那个女人的面前，在躲着的涣虞面前。

那个女人其实一直藏身于魔宫之中，大皇子并没有找到她，大皇子说她死了的时候不过就是骗骗他，但没想到他真的信了，而且第一时间就去了魔宫山顶找她。

女人嘶吼着奔向他，原本的温婉在这一刻全部消失不见，有的只是无尽的痛苦和悲愤。

但是最后她也走了，在大皇子准备将她带回天宫审判的时候，她奋不顾身扑向了他还未收进刀鞘的明月刀。

血液顺着刀锋缓缓流下，我看见了她眼中的解脱，读懂了她最后一句，不分开。

多好笑，明明是他们因为自己心中的害怕所以前来发起战争的，可最后他们还要将她带回去审判。

多讽刺，明明魔界只是依靠自己的力量越来越强大，却莫名成了众矢之的。

那时的我，对万物众生大概是失去了信心的。我觉得当初我想要的那个家，不要也罢。

神界等人离去后，涣虞出来了。

他双拳紧握着，从不远处的树丛里走出来，他愤怒，他难过，他无力，他无可奈何。

他在遍地的尸首里发现了我，他对我说：从今以后，这个家里，只有你与我相依为命了。

这时我知道了，原来，家是个不论发生什么变故，但只要有亲人在，就一定会存在的地方。

涣虞带着我开始浪迹天涯，他四处寻找那些在大战中奔跑离散的魔界族人，开始日夜不停地修炼法术，可是尽管如此，他还是离他预想中的相差一大截。

这时的他不过就是那些人眼中的一个毛头小子。

又过了许多许多年，涣虞在人间的时候结识了大他一些的少年——彦青。

他们脾性相合，相见恨晚。

他们曾把酒高歌到凌晨，也曾不顾形象大笑于闹市，更曾睡过沼泽趟过河。

他们像是一对血浓于水的好兄弟，可是我知道，涣虞还有其他的心思。

因为这个少年的父亲，就是当今继承神界大统的帝王，也是曾经绞杀魔界的——大皇子。

他处心积虑，他费尽心思，他目的不纯。

可那又怎样，只有我知道这些年他背负了怎样的苦痛，只有我知道这些年他生不如死。

他本不该这样活着的，他本该有更多，除了我之外的家人。

那日，有一位中年男人找到了他。

他说："既然忘不掉，那就直接去面对。"说罢，那人便将体内的蛟龙珠强行塞给了涣虞，而后消失不见。

涣虞跪倒在地，痛哭流涕。

他道："舅舅，谢谢你。"

我终于想起来，这中年男人就是曾经在南海阻拦过涣游妻子和涣游一同离开的人。

那是我最后一次见到涣虞哭。

得到蛟龙珠之后他就像变了个人，好像和当年苛求强大的涣游一样，但是，好像又有什么不一样了。

魔族中人被他暗暗集结，他还收了许多投靠他的人。这一仗，他势在必得。

他接到了名帖，是来自彦青的——彦青的孩子出生了，在天宫办满月酒。

理所应当的，他去了，但是，是带着十万魔界重兵去的。

这场本是大喜的宴会，最后却血流成河。我陪着他征战天下，一起享受着这报仇的快感。

我穿过那神界帝王的心脏，看着他不敢相信的眼神，心如火焰般灿烂。我想，他终于得到了他应有的惩罚。

为了让涣虞不伤害他的孩子，彦青以他的心头血，下了诅咒。

涣虞无可奈何，只得把那咿呀学语的婴儿抱回了魔宫，或许，这是他对没有阻止彦青死去的最后一点愧疚。

他唤她为：涣芷熹。

而这时的我已经因为吸食了足量的神界气血，幻化成人了。

这是涣虞第一次看见我，也是我，第一次看见涣芷熹。

为了让涣芷熹更好地成长，涣虞将她体内的神族之力完全封印，并且将她放进了地魔塔的净水水球中。

无人知道她的来历，更无人知道，她何时长大。

本来，我是有些反对涣虞将她抱回来的。

毕竟是仇人的孩子，他也毕竟是这孩子的仇人。既然一开始就注定了结果，何必再去招惹？

可是最后，我终究是没有阻拦。

他完成了穷其一生都必须完成的使命，可是接下来呢？他没有目标，更没有目的。所以，或许这孩子的到来，只是为了让他漫长的余生里，不再孤单吧。

涣芷熹从地魔塔出来的那一天，我正坐在房顶懒洋洋地晒太阳。他牵着她的小手，走到修冥殿门前，朝着我喊道："瞿唐，你快下来，芷熹来了。"

我闷闷地从房顶飞落，看见那孩子睁着圆溜溜的双眼，好奇地打量着周围的每一个角落。

这时我是不怎么想理她的，因为涣虞告诉我："瞿唐，家里来新人了。"

我并不想将她作为家人，毕竟，她终究还是仇人的孩子。

涣芷熹不等我向她打招呼，就朝我伸出了双手。

番外
·
瞿

唐
·
235

我猛地一怔，根本不知道这孩子到底想做什么。

然而不等我做出反应，涣虞便微微笑道："瞿唐，她想让你抱抱。"

这是这么多年，我第一次看见涣虞露出微笑，原来的他，面无表情，无笑无泪。

涣虞的话，我一直都是听的。在我还是戟的时候，他是我的主人。在我成了瞿唐之后，他是我的魔君。

我无法不听令，尽管我们有更深一层的关系——家人。

我抱起了涣芷熹，她紧紧搂着我的脖子，趴在我肩头，并且下一秒就睡了过去。这一刻，我承认我的内心是有些淡淡的欣喜。

可是我却不知道，这欣喜到底是为何。

涣虞说："看来她更喜欢你啊，刚刚她都没有让我抱。"

涣虞说完后就转身朝修冥殿走去了，我面色微红，莫名差点笑出声。

其实涣芷熹当真很调皮，也很狡猾。

三岁时，她打破了涣虞寝殿中的青瓷净瓶，怕涣虞责骂，便在第一时间就冲到涣虞面前说是我打破的，尽管那时的她连话都还说不利索。

五岁时，因为我不带她飞，她又喊着无聊，让涣虞给她生个孩子玩玩儿。而没多久涣虞就收复了冥界，带来了只比她大一点点的杜若。

八岁时，她偷溜出魔宫，被涣虞第一次惩罚，关进石室。虽然不到一个时辰涣虞就心疼地让我去将她接了回来，但效果还是很显著的，涣芷熹整整一个月都听话得不行。

十岁时，她把烈吞太爷的胡子剪了，还硬说是烈吞自己做梦的时候自己给扯的。

十三时，她喜欢上惩戒狱守门的一个鬼兵，说以后要嫁给他，涣虞当即就将那鬼兵调去了山下守门。

她总是这般精灵古怪，将整个魔宫都搅得人心惶惶。可是不知为何，我却对她越来越喜爱。

我开始发现我的目光无法离开她，她就像一个自发的光源体一样，在我眼中莫名闪着微光。

可是后来我忽然发现，这样的她，不仅仅只在我的眼中特别，在涣虞的眼中，也很特别。

涣芷熹为了帮涣虞找到灵珠，偷溜去了灵宫。灵宫派人来送信的时候，涣虞正和巺扬子下棋。

这千百年来，那是我第一次看见涣虞的脸上出现惊慌愤怒的模样，也是巺扬子第一次看见。

从那以后，巺扬子看涣芷熹的神情就不同了。

事实证明，她们女人的直觉，还是很准的。

当我看见涣芷熹一次次为涣虞冒险的时候，我知道，我已经成了她生命里的过客。

可是，每个人都是孤单个体啊，我虽然是她生命里的过客，却无意成了另一个人生命中想要的归人。

这人，便是陪着涣芷熹长大的杜若。

杜若给我那条丝巾的时候，我看见她脸上飞来的红晕，和我每次看见涣

忘情
WANG·QING

芷熹时自己脸上出现的一样。

那一刻，我有些慌乱了。

烈吞太爷无意看见从我怀中掉落的丝巾，惊喜道："杜若在石室的时候，手指每天都被扎了好多伤，还扔了好多不要的丝巾，我就猜那丫头肯定是有心上人了，想绣一条最好的送给心上人，原来是你啊。"

我勉强笑了笑，心中没有半点雀跃。

我忽然意识到，我可能做错了一件事，伤害了一个不该伤害的人。可是我没有办法改正过来，没有办法。

杜若离开的那天，我流下了这一生中唯一的眼泪。

我替她不值，替她难过，替她心酸。

大概我们是两个一样爱而不得的人，所以，我感同身受。

将她带回冥界后，我将当害送去了惩戒狱的第十八层，让他承受锥心挫骨之痛，永世不得超生。

这是我这辈子做得最正确的一个决定，我想。

涣芷熹消失了，我找了许多个地方，但终究还是找不到她。

她就像从未来过这个天地间一样，不管我们如何担心，她都没有一点音信。

涣虞失去了原本的英勇无畏，他就像一个已经疲累的凡夫俗子，对这世间的任何事都提不起任何兴趣。

一切尘埃落定，无人敢来打扰他。

我知道，我也该离开了。

我孤独的在这世间存活了千万年，却从未找到过我想要的生活——像涣游和他妻子那般。

而那个敢与我一起冒着天下之大不韪的人，不是我想要去守护的人。

这样的因缘际会大概也是我作为戟时不可能体会得到的吧。只是，这样的心酸难过，谁又想真的体会呢？

我若曾爱过，你可否也能看见我……

.番外
瞿

唐
.

行走在诗和远方

——安晴

距离从清迈回来已经有大半个月的时间了，心却似乎依然停留在那里的蓝天白云下，甚至梦里依然念念不忘蜗居旅店旁那僻静却开满各种小花的林荫道。随意地在街上四处闲逛，在不经意间总能遇到一些修行者，还有来自世界各地的艺术家，他们每个人脸上的神色都很慵懒，仿佛自己是处在一个与世隔绝的地方，生活节奏慢得好像整座城市都刚从睡梦中醒来。

在旅程最后一天，我偶然遇到了两对来清迈拍婚纱照的情侣。我之所以对他们印象深刻，是因为两对新人居然都是双胞胎，相似的容貌在旁人看来，根本很难分辨出谁是谁，可他们却可以第一眼就认出彼此的恋人。

和他们告别后回到旅馆，我忍不住点开几个月前已经写好的稿子《我的世界以你为名》，重新翻阅了一遍。这个故事里的两位男主角也是一对双胞胎，他们虽然有着相似的容貌，性格却截然不同。之前写的时候，我好几次差点情绪失控，为每个人在青春岁月里的痛和泪、爱与付出。当你遇到一个人，他会为你收起他的顽固脾气，是因为他爱你；当他把你的兴趣也变成他的兴趣，也是因为他爱你；当他为你做出许多不可思议的改变，那更是因为他深深地爱着你。

回顾这几年的创作经历，我觉得自己真的很庆幸。从第一本《你是我的命运》，到最近上市的《南风替我告诉你》、《岁月还未来得及缠绵》，这期间我走过了许多地方，留下过很多温馨美好的回忆，也在旅途中激发出大量的创作灵感，以此构想出了很多故事。如果有人要问我最值得骄傲的事情，那大概就是不忘初心，一直坚持着最初的梦想——行走在远方，追求着诗意的生活，写着可以带给你们感动的故事。

风华倾国

身在敌国，她步步为营，一双素手暗中掀起整个朝局的腥风血雨，只为了结一场刻骨之恨！

她算到了一切，而他的到来却成了她的意料之外！

他是名震天下的"战神"，是所有女子仰慕的对象，却独对她一见钟情。

他与她的碰撞就仿佛上天注定，命运给了他们一击而中的爱情，可当真相抽丝剥茧般揭开，才发现她与他之间竟横隔着血海深仇和数以万计的枯骨！

是冥冥中注定，还是天意弄人？

大乱之世，纷扰天下，她与他皆背负着不同的使命，可她不知，在使命之上，他只求护她一人始终！

亡国公主卧底敌国，成功上位，于危机四伏中与琉璃国帝王将相一众人等斗智斗勇，谱写了一段传奇的乱世悲歌！

堪比《芈月传》的
女性励志成长故事

胜过《美人心计》的
爱恨缠绵纠葛

唐家小主挑战趣味权谋
推出重磅之作《风华倾国》

推荐指数 ★★★★★

请用科学的方法心动

谁说拥有异能就拥有全世界？

木九以亲身经历告诉我们——
无论是机器还是异能，
人类所能依赖的只能是自己的智慧，
否则就可能出现以下场景：

1.木九：为啥他们要一块块地搬石头啊？

某人：不然呢？
木九：可以用推车啊！
某人：推车是什么东西？
于是木九成为了艾欧尼亚大陆的"鲁班"。

2.爱丽丝：唉，他们都说水元素异能者没用……

木九：为什么？
爱丽丝：因为水元素太温和了，没有火或
者雷电厉害。
木九：但你知道吗？人体中水的重量占人
体比例的70%，而且在一定温度下，水还可
以结成冰……（这么凶残还不够吗？）
**于是木九成为了艾欧尼亚大陆的"开尔
文"。**

伪"穿越"，真"学霸"

木九没想到，学习成绩普普通通的自己竟然能
有如此受人尊敬的一天……还是老话说的好，
"学习使人进步"！

**只不过……谁来告诉他，恋爱学在哪儿教授？
她急需为他报名啊！**

更多精彩，尽情期待"凉桃"新作
《请用科学的方法心动》

（欢迎入群：575020455）

菜菜：
有没有人在啊？（一片寂静……）

菜菜：
有没有人在啊？（依然一片寂静……）

菜菜：

拆

加恩小·姐：
已经备好小本子。

哗啦啦小·雨：
收到！

寒污婆：
我来啦！

菜菜：
果然……来来来，大家来分享一下，这些年听到、看到最深情的一句话吧。

加恩小·姐：
好像没我什么事……

寒污婆：
有一次我问我男朋友：有人追我怎么办？他很认真地说：你不跑他不就没法追了！嗯，好像说得还挺有道理……

哗啦啦小·雨：
去年冬天，下着大雪，他把手套和围巾都给我。我问：你不冷吗？他说：我冷一点没关系。（脸红）

爱麻辣烫的夏·小·桐：
为什么变成了一场秀恩爱分享会？（摇了摇菜菜的肩膀）

周款款：
说到这个，我想起了叶叙对我说的那段话。
"以前，我只顾埋头创作，初次认识她时甚至还觉得她又土又俗。可后来我才发现，自从有了她，我才知道什么叫真正的活力和生活。艺术来源于生活，不光有阳春白雪，还有下里巴人。她改变了我。有句诗是这样的，'我爱你，不光因为你的样子，还因为和你在一起时我的样子'。"

菜菜：
好甜★ω★，看得我都想谈恋爱了！不过这位周款款同学，你是从哪里窜出来的？

周款款：
啊？我从《深情款款》而来。

菜菜：
看来无论是学习"撩汉"，还是"撩妹"，都得多看书啊！

周款款：
嗯，比如说@爱麻辣烫的夏小桐的新书《深情款款》，你们值得拥有！

毕淑敏

著

晚安 夜风相伴

Good night

每一个无眠的夜晚，世界都不曾冰冷，窗外起舞的萤火虫，街口昏黄的路灯，都可以给你温暖。
亲爱的，迷失在情感的路途里不算什么，因为你依然拥有整个世界。

畅销作家毕淑敏晚安短篇集

45个温情暖心故事，与你说尽世间万般情，终豁然开朗

/// 文坛大家毕淑敏常常将自己的所见所闻付诸笔端，再用故事的表现形式如抽丝剥茧般一点点流露出其对爱情、亲情、友情的感悟，本书尤其如此，年轻人阅读或有所启发。

——搜狐读书

/// 人的一生有如一场修行，过程中遇到的挫折、磨难无可避免，而读书则如我们修行时用来披荆斩棘的工具，越是好书，发挥的工具效用越强，毕淑敏的这本书大抵是件好工具。

——新浪读书

/// 来自心灵智者毕淑敏的温情独白，《晚安·夜风相伴》用暖人心扉的笔触去解读生活、品味情感，行文朴实亲切、细致入微又充满睿智的哲思，会带您体会生活的独特韵味、情感的质朴动人，找寻心灵的出口。红尘俗世中，唯有爱不可忘、不可负。

——咪咕阅读内容总监陈晶琳

"晚安"系列

来自故宫神兽天团的
皇家八卦集锦

吱吱吱……

大家好，我是来自故宫神兽天团的行十，故宫博物院太和殿上的最后一位脊兽。

因为我们久居深宫，所以积累了无数的皇家八卦。

而且我们团队最近迎来了来自圆明园的新朋友——十二生肖兽首，极大地扩充了八卦来源！

我们这就来跟大家分享一下！

皇帝每天的起床时间
爆料人——凤凰

呃，作为早睡早起的好习惯代表，生物钟让我每天早上四点醒来。（拜托，我是凤凰，我不打鸣！）

然而有一个人，竟然比我起得更早，那就是皇上。原来做皇上，每天天不亮就要起床更衣了呢！皇帝都这么辛苦了，你们还有什么偷懒的理由！

被请客的皇上
爆料人——猴首

作为待不住的猴子代表……（行十：泼猴，你说谁呢！）

我在圆明园的时候喜欢乱跑，于是听我另外一个古董朋友说过八卦。它以前在一个南宋王爷的府里待过，那位王爷曾经请皇上吃饭，一顿饭，不算重复的菜，光吃各类果盘、肉干、果脯等冷食就有92道，接着各类热菜、汤类、海鲜也吃了30道，听得我口水都流了一地！

每天都不能按自己爱好选择衣服的皇上
爆料人——天马

爱美之心人皆有之，就连我们这些神兽也不例外！可是，我有次在皇上的宫殿里乱逛的时候才发现，原来皇上竟然是不能按照自己的喜好选择穿衣服的。不同的节气、节日要穿不同的固定的衣服。唉，没想到，身为皇上，竟然连选择自己今天穿什么衣服都不行呢！

绝对不能把饭吃完的皇家贵族！
爆料人——猪首

再次郑重声明，不准叫我猪头！（众神兽：好的，猪头！）

身为一个吃货，我最喜欢的就是每到饭点就去围观皇家的筵席！呜呜呜，他们每顿吃的都好多啊！而且听说，他们有个特别变态的规矩，就是绝对不可以把席上的东西吃完！

浪费可耻！不过，还好达官贵人们吃过的筵席，都要赏给下人们吃，能吃到主人席上剩下来的东西还是一种很大的荣誉！

好吧，我承认，在他们吃之前我就已经在厨房偷吃过一点了！

"小优趣读"系列 《会说话的古董》

象牙塔少女沈星月最崇拜的人是身为故宫文物修复师的叔叔。

在14岁生日这天，她收到叔叔送的"东王公西王母铜镜"仿品之后，竟无意中打开了神秘的文物世界大门。

衣袂飘飘的《清明上河图》少年张择端，在故宫"扮鬼"捉弄游客；"呆萌"的西安乾陵翁仲大叔，委屈地蹲在地上画圈圈；太和殿屋脊十大瑞兽联手欺负"故宫外来人口"，还有敦煌莫高窟里无脸飞天女传来的哀婉哭声……神秘事件一次次出现。

沈星月在解决这些事件的过程中，慢慢被家学渊源的晏晓声发现了自己的秘密。

谁来告诉她，为什么这个冷漠美少年晏晓声总是能化腐朽为神奇？

神奇少女沈星月搭档全能少年晏晓声，将带你踏上独一无二的古董文物保护之旅……

你准备好了吗？

TO
安德学院八卦社年度大事件！

The Beautiful Of Him

猫小白 著

绯闻大事件之：
学院男神被混血美少年"告白"了！

"女神！云女神！等等我！你不要走！"

云宗政面色铁青，显然是被气得不轻，那俊逸迷人的面庞此刻已经因为气愤而扭曲："你是不是白痴！我都说一百遍了，我不是女生！"

"是是是！我知道你不是女生……"路易斯一脸认真地说，"你是女神！"

天下第一奇闻，男神云宗政居然被男生"告白"，欲知详情，请关注猫小白"超速绯闻"系列之《致美丽的他》！

绯闻大事件之：
八卦之王约瑟夫居然大庭广众之下被扒下裤子！

"哈哈，Kitty，殿下的内裤居然是粉色的Kitty啊！"

"哎呀，我居然没有带相机拍照留念啊！"

"嘿嘿，堂堂八卦社社长居然被当众扒了裤子，这可是爆炸性的八卦新闻啊！"

苹果绿底色拼接柠檬黄的小碎花衬衫，荧光蓝的及膝长短裤，最明显的，还要数那双彩虹色的豆豆鞋。着装如此有特点的人不是别人，正是八卦社的社长大人——约瑟夫！

堂堂八卦社社长，居然上了八卦杂志头条，简直丢人丢到家！

欲知八卦社社长和奇葩大小姐的搞笑趣闻，请关注草莓多「超速绯闻」系列之《致闪耀的她》！

绯闻大事件之：
八卦之王屁股上的屈辱！

草莓多 著

TO

The Shining Of Him

"殿下的臀部很性感哦！连自己的秘密都保护不了，还好意思说是伟大的八卦之王，我看你还是早点将八卦社社长的位子让出来吧！"

"该死的萧白，我要杀了你……"约瑟夫暴跳如雷地大吼。

究竟八卦之王的屁股上，藏着怎样的秘密呢？

欲知销魂、恶搞、让人大跌眼镜的故事，请翻阅草莓多"超速绯闻"系列之《致闪耀的她》！

绯闻大事件之：
男神NO.1云宗政与"绅士王子"宁橙橙大打出手？

天台上，两位气度不凡的人正较量得不相上下。这位美丽的男同学，就是安德学院男神之首——云宗政！而另一位帅气的同学，居然穿着女生校服……没错，她就是拥有"绅士王子"之称的宁橙橙！这两大风云人物究竟有什么过节？

安德学院八卦社将密切跟踪，详细信息请翻阅猫小白"超速绯闻"系列之《致美丽的他》！

草莓多+猫小白
时隔多年再次强强联手，
超甜绯闻搭档打造浪漫值爆表的粉红系列，

求打包带走！

学长，你又机智了

俗话说，唯女子与小人难养也，但"池珺珺"却觉得
"凌寒枫"比女子和小人加起来更难搞定！

【现实】

- "池珺珺，实验器材都消毒了吗？"
- "池珺珺，培养液配好了吗？"
- "池珺珺……"
- "学长，求你给我一分钟喘气的时间……对了，学长，你负责抓的小白鼠呢？"
- "要不，你躺上去模拟一下？"
- "学长，你能不这么坑人吗？"
- "不能。"

【游戏】

- "不是说PK吗？你到哪儿了？"
- "在路上呢，大概20分钟后到达目的地。"
- "没有传送符？"
- "要1金呢！"
- [好友"傲寒天"给您发来"传送符"一张。]
- "记得你现在欠我3万金了。"
- "一张传送符3万金？你怎么不去抢啊！"
- "我现在不是在抢你吗？"
- "到底还讲不讲理了！"
- "不讲。"

"**进击的白团子**"成名作《同学，你马甲掉了》姊妹篇《**学长，你又机智了**》
比玩网游的奥数冠军更"男神"的学长机智登场！

——**学长，你能不这么机智吗？**

——**不能。**

1月新书上市预告

《独家甜蜜：男主大人的陷阱》
米米拉 著

▶ 是偷心的陷阱，也是独享的甜蜜，只要你愿意，男主大人马上降临
知识出版社

《时光与爱共沉眠》
郎年 著

▶ 晚风骤起，夜幕降临，黑暗深处，时光终会与爱共沉眠
知识出版社

《缪斯公主绘心殿》
松小果 著

▶ 打破次元壁的追梦罗曼史
天津人民出版社

《星域四万年③地底下的时空虫洞》
孙俊杰 著

▶ 虫洞现世引来屠城之劫，修士齐聚展开护城血战
知识出版社

《重返花样初恋》
宅小花 著

▶ 请给自己一次怦然心动的机会
知识出版社

《你在心上，别来无恙》
安晴 著

▶ 阮淮峥，我可以亲你吗？
万卷出版公司

《九月樱花馆·夜光少女季》
猫小白 著

▶ 万人期待的"猫氏"悬疑花美男小说
天津人民出版社

"超速绊间"系列之
《致闪耀的她》
草莓多 著

▶ 跨物种合作，给最闪亮的你最美的梦
知识出版社

《眉间砂》
唐家小主 著

▶ 世间繁华不敌你眉间朱砂
天津人民出版社

《忘·情》
唐家小主 著

▶ 我愿陪你纵火焚神，也愿陪你重生成魔
天津人民出版社

《雾色青铜》
陌安凉 著

▶ 爱是倾其所有，唯愿深情不负
天津人民出版社

《精灵王子的时光舞步》
茶茶 著

▶ 重逢错过的时光故事
天津人民出版社

《请用科学的方法心动》
凉桃 著

▶ 在异界被迫成为学霸，顺带收服男神，日子简直炫酷
天津人民出版社

《守护甜心，羁绊之结》
凉桃 著

▶ 假戏真做，保镖变女友
知识出版社

《美型骑士团·星辰王女》
松小果 著

▶ 学霸少女接任星光女王，由帅骑士护卫
天津人民出版社

《晴天娃娃吉祥雨：彼此的唯一》
慕夏 著

▶ 真正的勇敢并非凄美地放手，而是十指紧扣着说："死也不会放开你！"
知识出版社